JN308128

二見文庫

その唇にふれるとき

アイリス・ジョハンセン／青山陽子＝訳

Tender Savage
by
Iris Johansen

読者のみなさまへ

自由を勝ち取るために奮闘する戦士たちに、わたしは常に魅了されてきました。専制政治を打ち倒すために獅子奮迅《ししふんじん》の活躍をするという行為は、何か壮大で英雄的なものを感じさせてくれるからです。だから、わたし自身も過去に革命があった場所を旅するのだと思います。わたしが、セント・ピエール島で彼自身の戦いをしている戦士にして詩人、リカルド・ラサロの物語を創ったのも、ほとんど必然といえるかもしれません。

ララ・クレイベルとリカルドの物語は、ロマンチックで情熱的で刺激に満ちていますが、さらに自由とよりよい人生を追い求めるという理想も盛り込まれています。ふたりの情熱が互いに対するものだけではなく、セント・ピエールの解放運動にも向けられていることが、わたしにとってはいっそう意味深いことなのです。

それでは、ララとリカルドが暮らす世界――革命が正義であり、その後は恋人たちがずっと幸せにいられる場所――へと、いざ、出発いたしましょう。

アイリス・ジョハンセン

その唇にふれるとき

登　場　人　物　紹　介

ララ・クレイベル	アメリカ人女性
リカルド・ラサロ	セント・ピエール島の革命家
ブレット	ララの双子の弟
パコ・レナルト	リカルドの親友にして右腕
マヌエル・デルゲーロ	少年兵士
フアン・サラサール	医師
エミリオ・フラード	セント・ピエール軍事政権の大尉

1

「絶対に危険です。ミス・クレイベル」パコ・レナルトが重々しい口調で言った。「嘘じゃありません。集団レイプされるかもしれないし、拷問《ごうもん》されるかもしれない。殺される可能性だってあるんですよ」

ララ・クレイベルは恐怖で体が震えるのをパコ・レナルトの鋭い視線から隠そうとした。レナルトはいたずら好きの妖精《エルフィン》のような顔つきをしていて、お気楽そうに見える。だが、内面には、見た目よりずっと多くのものが隠されている。そのことは、ララがレナルト少佐のテントにいたほんの短いあいだにわかった。彼には物事を見通す鋭い知性があった。それは何も驚くことではないかもしれない。エルフィンのような魅力だけでは、リカルド・ラサロの右腕にまで昇りつめることはできなかっただろうから。彼女は無理に笑顔を作った。「これから起こるかもしれない恐ろしいことを、あれこれ説明してほしくないわ。だって、わたし、もう充分に怯《おび》えてるんですもの」

「それでも、あなたには警告しておかなければならないんです。どんなひどい犠牲を払うことになるのかよく知りもしないで、危険な状況のなかに飛び込んでいくなど、リカルドだったら許さないでしょう。それは私だって同じです」

「あなたたちの偉大な革命のリーダーを救うためでも？」ララはわざとふざけた調子で言った。

「それでもだめです」不意にパコ・レナルトの顔に笑みが浮かんだ。「事実を知らずに、何かを選ぶことはできません。そして、それこそがこの革命の原理なんです。彼の命を救うためだけに、この原理を捨てるとしたら、リカルドは私に感謝などしないでしょう」

「そうなの？　とても信じられない。自衛本能こそが、自然の第一の原理なんじゃないかしら」

「命を賭けてもいいと思えることもあるんです」パコはそこで言葉を切った。「人間でもそうですよ。私は自分の命をリカルド・ラサロに捧げられます」

そして、カリブ海に浮かぶこのいまいましい島に住む十万もの活動家たちも同じなんだわ。ララはうんざりしながら考えた。リカルド・ラサロという男には、会った人間をみんな催眠術にかけてしまう能力があるようだ。ラサロは優れた軍事戦略家であるばかりでなく、最もカリスマ性のあるリーダーだった。そして、彼がセント・ピエールの軍事政権《フンタ》に対して挑《いど》んだ戦いは、九年にもわたって、世界中のトップニュースになっている。リカルド・ラサロ将軍のように魅力にあふれた男が報道世界に登場する機会は滅多にない。だから、各メディアはこの将軍の魅力や影響力を追いつづけていた。五年前、リカルド・ラサロは自著である『選択の権利』をセント・ピエールからひそかに持ち出していたが、その哲学と詩的な文体とが高く評価され、世界的なベストセラーになった。詩人であり、戦士。こんな組み合わせに、誰が魅力を感じずにいられるだろうか？　ただし、ララ・クレイベルだけは弟のブレットが、ラサロの呪文《じゅもん》に縛られている何千という人々のひとりではないことを、ただ祈るばかりだった。彼女はパコ・レナルトの目をじっと見つめた。「なのに、わたしがその男のために自分の命を賭けようとすると、あなたは警告するのね」

「あなたは我々の仲間ではない。アメリカ人だ。それに、我々の理念に対して共感していないと言ったのはあなたですよ」そう言ってパコはキャンプチェアの背にもたれた。「学生の頃からずっと、私はリカルドと一緒です。私にとって、彼は兄弟以上の存在なんですよ」

革命家たちとたった六カ月過ごしただけで、ブレット・クレイベルも同じようにラサロへの忠誠心を示していたわ——その忠誠心のせいで、彼はバルバドスの診療所の車椅子に送られるはめになったのよ。「刑務所からリカルド・ラサロを救出するために、わたしが彼のいわゆる崇拝者になる必要はないと思うわ。それに、わたしがセント・ピエールの市民ではないという事実は有利だと、あなたが言ったのよ。軍事政権の秘密警察にはわたしの記録も指紋も記録されていないからって」

「それは事実です」パコは考え込んだ様子で彼女を見つめた。「あなたがか弱い一般女性であるかのようにフラードに思いこませるために、あなたに関する記録を改ざんすることはできる」

「フラード？」

「エミリオ・フラード大尉。アビー刑務所で警護隊を指揮している人物です。アビーについて聞いたことは？」

「あります」アビーの名は警備の厳しさで世界中に知られている。かつては修道院だったが、いまでは世界で最も恐ろしい政治犯刑務所のひとつに変えられてしまった。そこでの残虐《ざんぎゃく》行為について、人権機関が絶えず糾弾《きゅうだん》している。

「リカルドが捕えられているのはそこです。すでに五カ月を超えている」

ララはたじろいで、木製の椅子の肘かけをきつく握りしめた。ラサロのような重要人物であれば、当然、捕虜としてあの地獄のような場所に収監されるはずだった。ああ、なんてこと。わたしはいったいここに座って何をしているのかしら。こんな軍事拠点のまっただなかで、リカルド・ラサロを救い出す手助けをさせてほしいと頼みこむなんて。わたしは、キャンプのなかを案内されたとき目にしたタフな女性ゲリラとは違う。戦争なんて考えるだけでもいやなのに。「ラサロがそれほど長いあいだアビー刑務所にいるのに、まだ生きているとしたら驚きだわ」

「やつらは最初の数週間彼を拷問にかけたあと、やめてしまいました。リカルドは拷問には屈しないとわかったからです。それに、リカルドを殉教者《じゅんきょうしゃ》にしないよう殺したくなかったのでしょう」パコは厳しい顔で口を引き結んだ。「だが、やつらはいまだに望みを捨ててはいません。リカルドに我々を裏切らせることで、彼のイメージを傷つけようとしているんです。エミリオ・フラードはこの一カ月ほど、別の角度から攻めています」

残虐性にかけては、スペイン異端審問所の僧侶たちよりもはるかに勝る男たちから、何週間ものあいだ拷問にかけられたら、どんな男も持ちこたえられはしないわ。ララは思った。

「なぜそんなことまで知っているの?」

「アビー刑務所のなかに協力者がいるんです。フラードの部下のひとりです。リカルドとは独房棟では接触できませんが、フラードのオフィスで働いているときには、折に触れて、ちょっとした手を貸してもらっています」パコは机の上の書類に視線を落とした。「なぜあなたは、我々を助けようとしてくれるのですか、ミス・クレイベル?」

「ララと呼んでください」彼女は訂正した。「それから、理由はすでにあなたにお伝えしたとおりです」

彼はうなずいた。「あなたの弟さんのことはよく知っています。勇敢な男です」

「彼は、あなた方と同じように、ラサロの呪文に縛られた理想主義の大ばか者だわ」と彼女はぞんざいに言った。「弟がいまどこにいるかを考えれば一目瞭然でしょう」

「で、あなたは、ご自分のことは理想主義者だとは思っていない?」

「もちろんだわ。わたしはとても現実的な人間なの。わたしがここにいるただひとつの理由は、弟が退院したら、すぐにこの荒れ果てた島に戻ってくるとわかっているからよ。刑務所からラサロを救うためにね」彼女はいらだったように身振りで示した。「お医者さまからは、その後も六カ月の通院が必要だと言われてるけど、弟がその指示に従うとは思えない。だから、弟の退院前に、わたしがリカルド・ラサロを刑務所から連れ出さないと、弟は松葉杖をついて、脚を引きずりながら、ここに来てしまうでしょうね」

「理由はそれだけですか？」

ララは一瞬、黙り込んだが、しぶしぶと認めた。「リカルド・ラサロに借りがあるのよ。ブレットの話によると、あなた方の恐いもの知らずのリーダーは、弟の所属する小隊が敵から攻撃を受けたとき、弟たちを救出するチームを率《ひき》いた。それが原因でラサロは捕えられることになったんでしょう？」

「それは事実です」パコはかすかにほほえんだ。「あの夜、リカルドは多くのアメリカ人兵士の命を救いました。だからといって、救われた男たちの家族の誰かが、リカルドの命を助けるためにここまで駆けつけることはありませんよ」

「借りは返さなきゃ」彼女はパコの視線を受け止めた。「わたしを使いますか、それとも使いませんか？」

パコ・レナルトはしばらくのあいだ彼女をじっと見つめて言った。「どうも気が進みません」

「でも、あなたはわたしを使おうとしている？」

「そうです」パコの顔から笑みが消えた。「リカルドがいないせいで、この革命は行き詰まってきています。我々はあの刑務所のなかに仲間が必要です。そして、アビー内部にいる協力者によれば、女性を送り込むほうがずっとたやすいというのです」彼は肩をすくめた。「お話ししたとおり、私としては気が進みません。だが、セント・ピエールのためには、不本意な多くの決断をしなければなりません」

「セント・ピエールのため？　それともリカルド・ラサロのため？」

「リカルド・ラサロは、すなわちセント・ピエールなのです」そう言ったレナルトの顔に、一瞬、ララの弟がラサロについて話したときに浮かんでいたのと同じ表情が浮かび上がった。

「彼に会えばわかりますよ」

「その前に殺されなければね」彼女は陽気に言った。

パコは笑わなかった。

「わたし、冗談を言ったのよ」

「わかっています。あなたは怯えている。だから冗談でそれを隠そうとしているんだ」

「怯えてなんかいないわ。わたしはただ……」そこで彼女は言葉を切った。パコが彼女をじっと見つめている。「そうね、たぶん、ほんの少しだけ」

「怯えていてもいいんですよ」パコは体を乗り出すと、彼女の手を両手でやさしく覆《おお》った。「あなたを守るために、我々も最善を尽くすつもりです。それから、これであなたの気持ちが少しでも楽になるといいのですが、リカルドは危険を冒してでも救う価値のある男です」

彼女は乾いた唇を舌で舐《な》めて湿らせた。「こんな危険を冒すだけの価値のある人間なんているとは思えないけど。自分でもわからないのよ。なぜこんなことをしているのか。ブレットはうちの一族の大胆な資質をそっくり受け継いでしまったようね。わたしには勇敢なところなんてまるでないのに」

「そうでしょうか？」彼は不思議そうに笑った。「セント・ピエールのような戦争で荒廃した国にまでやって来るのは、たやすいことではなかったはずです。ましてや、誰かを見つけて、私のところまで連れてきてもらうというのは、もっと大変なことだったでしょう。おそらく、ご自身で思っているよりも、あなたは勇敢です」

彼女は首を振った。「やらなければならないことをしているだけよ。勇敢でもなんでもないわ」彼女は背筋を伸ばし、きびきびと言った。「さあ、ラサロを刑務所から救い出すために何をしたらいいか、話してください」

「おそらくあなたは気が進まないでしょうね」彼は真剣な面持ちで、彼女の顔に焦点を合わせた。「しかも、たったひとりでやり遂げなければならない。我々が何を企《たくら》んでいるか、リカルドが知ったら、絶対にそんなことをさせは……」

「まあ、ラサロから〝選択の権利〟を奪うつもり？」彼女はからかうような口調で尋ねた。

「確かにそうですね。彼はこのことでも私を罵《ののし》るでしょう」彼は疲れたように首を振った。

「だが、我々には彼が必要なんです」

「だったら、もうわたしに警告するのはやめて、あなたの神をアビー刑務所から救い出す方法を教えてください」

「リカルド・ラサロは神では……」彼はそこで言葉を切ると、肩をすくめた。「とにかく、リカルドとは実際に接してみなければわかりません。おわかりでしょう？」

そんなの当然だわ。ララは苦々しく思った。パコ・レナルトの計画がうまくいけば、わたしはきっとうんざりするぐらい、リカルド・ラサロと向かい合うことになるんでしょうね。


女は素足だった。

エミリオ・フラード大尉がひとりの女を追いたてながら、自分のオフィスのほうから中庭を横切ってきた。リカルド・ラサロは窓の鉄格子にかけた両手をぐっと握りしめた。お昼近くだ。石畳《いしだたみ》は女の小さな足の下でやけどするぐらい熱くなっているに違いない。あのろくでなしは、なぜ彼女に靴を履《は》かせない？

ああ、まったく。ぼくはここに長く居すぎたようだな。なぜ女が靴を履いていないことなど心配している？　彼女はすぐにもっと激しい苦痛を味わうことになるのに。絞り出せる情報がなければ、あのフラードが囚人に個人的関心を示すことなどないのだから。

女はまだほんの子どものように見えた。かわいそうに。小柄で華奢《きゃしゃ》な体つき、髪は長く、みごとなブロンドで、黄褐色と金色の中間の色合いだ。フラードの部下のごろつき野郎に、ベッドから引きずり出されたに違いない。身につけているのは、襟もとは高い丸首で、前がボタンダウンになった、ゆったりと足首まで覆う白いコットン・ガーゼのガウンだけだ。

ガウンの下には何も身につけていない。

それに彼女は子どもではなかった。

近づくにつれて、ガウンの胸のあたりを押し上げている豊かな胸の膨らみが見えた。そして、薄いコットン・ガーゼを通して、濃いピンク色の乳首がうっすらと見えた。抑えられない原始的な興奮が目覚め、下腹部に血が押し寄せてくる。リカルドは目を閉じた。そうすれば、女を見なくてすむ。自己嫌悪の波がどっと押し寄せてくる。リカルドは肉体的な反応をなんとか鎮《しず》めようと、鉄格子にかけた両手をきつく握りしめた。ぼくはフラードの囚人に欲情を抱くような野獣ではない。かわいそうな女に、同情と怒りのみを感じるべきだ。

目を開けてみた。だが、まだ欲情は消えていなかった。

美しい女だ。肌の色は艶やかな蜂蜜色で、絹のように健康に輝いていた。ばねのように軽やかに歩くせいで、薄いガウンがヒップのまわりでなまめかしく揺れている。そのたびに、彼女の下腹部に影が見えた。彼はなすすべもなく魅了されて、その影を追い続けた。股間の鼓動がさらに激しくなり、痛みへと変わっていく。フラードは独房棟のドアのところまで来ていた。彼女は中庭に立っていたが、リカルドからはほんの数メートルしか離れていなかった。ためらい、体をこわばらせ、身構えている。独房棟のドアが勢いよく開けられた。彼女はひどく怯えていた。

これまでリカルド・ラサロを支配していた欲情に、不意に、もうひとつの同じぐらい激しい感情が加わった。あのドアの向こうで彼女がこれから直面しなければならないものから、彼女を守りたいという狂おしいまでの欲求だ。

エミリオ・フラード大尉が女を押して、独房棟のなかに入れた。彼らの後ろでドアが閉められた。

リカルドはいらだって歯を食いしばった。抑えろ。これまで苦しんできた孤立感のせいで、反応と感情がひどく敏感になっていた。こんなふうに動揺してはいけない。さもないと、フラードに負けてしまう。これまで拷問に耐え抜いてきたんだ。いま大尉が仕掛けている心理作戦などに負けてはいられない。

廊下の敷石を打つブーツの音が聞こえると、思わず体を硬くした。棟のこの一画にはほかの囚人は収監されていないはずだった。そして、その足音はよく知っていた。いつ終わるとも知れない拷問の日々。次第にその足音が誰のものかわかるようになり、待ち構えるようになっていた。フラードは女をここに連れてこようとしている。

エミリオ・フラード大尉の目論《もくろ》みは見当がつく。が、女はこれまでフラードが選んだ女たちのような官能的魅力はない。それでも、男心をくすぐる華奢な体つきを思い浮かべると、また心がかき乱された。窓に背を向けてフラードと向き合ったら、気づかれてしまうのはわかっていた。

「きみにプレゼントだ、ラサロ」後ろでドアが勢いよく開けられ、フラードが独房のなかに女を突きとばすように入れるのが聞こえた。「小さくてかわいい雌鶏《めんどり》だぞ。これから長い時間を一緒に過ごすことになる。こっちを向いて女を見ろ」

リカルド・ラサロの背骨がこわばった。だが、彼は動かなかった。感覚が鋭く研《と》ぎ澄まされて、離れていても、速くて浅い女の呼吸の音が聞こえたし、うっとりするような甘い香りも感じた。やっとの思いで、声を明るい調子に保ち、からかうように言った。「またか、フラード？　もうあきらめたと思ったが。三度目はうまくいくとでも？」

「ああ、だが、今度は違う。いままでは判断を誤っていたようだ。きみのような品行方正な男を誘惑するには、娼婦《プータ》たちではだめなことぐらい気づくべきだった。娼婦らの並はずれたやり口にかかったら、さすがのきみもと思ったが……」

「時間の無駄だ。ぼくには女なんて必要ない」

「必要さ」フラードが女を前に押し出したのだろう。香りが強くなった。「きみには超人的な自制心があると、信奉者どもは騒ぎたてているが、きみだって、ほかのやつらと同じ男だ。

とてつもなく世俗的な男だ。我々の情報によれば、たいてい一週間に数回は女を求めているそうじゃないか」そう言ってから、彼はささやくようにつけ加えた。「もう五カ月以上になるな、ラサロ」

「そんなことは気にもとめてなかった」リカルド・ラサロはあざけるように唇を歪《ゆが》めた。「ぼくがアビーにいるあいだ、次から次へとずいぶんと楽しませてくれるものだ」

「武器の隠し場所をどうしても知らなきゃならないんでね」フラードは肩をすくめた。「拷問にきみが屈するとは思えないが、それでもやってみないことにはわからない」

「で、おまえはそれを舐めるように楽しんでいた」

「もちろんだ。八年ものあいだ、私たちから首尾よく逃げおおせていたんだ。きみを捕まえるまでの私のストレスといったら、破裂寸前だったよ。ストレスというのは恐ろしいものだ。そうだろ、ラサロ？　ましてや、性的なストレスというのは、男にとっては、ほかの何よりも恐ろしい。さあ、こっちを向いて女を見るんだ。彼女は清楚《せいそ》でかわいらしい。髪の毛はお日様のように輝いてるぞ」

リカルド・ラサロは鉄格子から手を離すと、女を見ないように注意しながら、ゆっくりエミリオ・フラード大尉のほうを向いた。「ほかの女たちのように、いつもの売春宿で探したんだろうな」

「いや、この娘は囚人だ。きみと同じように」フラードは女のこめかみのつやつやとした羽のような髪に触れた。「名前はララ・アルバート。わが国の通貨で数千ドルを持って出国しようとしたところを、空港で逮捕された。この国の通貨はセント・ピエールからは持ち出せないと、誰からも教わらなかったそうだ」そう言って彼は英語で言い足した。「この紳士に挨拶《あいさつ》をするんだ、ララ」

女は黙っていた。

もう一度彼は英語で尋ねた。「偉大なる革命のヒーローに挨拶したくないのか？　無礼な子だな」フラードは女の顔にかかった髪をやさしくかきあげた。「この子にちゃんとしたマナーを教えてやらなきゃならないな、ラサロ」

フラードの手がやさしくなでるのを目にして、リカルドの胸に突然、激しい怒りが込み上げた。ああ、ぼくはどうなってしまったんだ？　彼は表情を慎重に隠して言った。「アメリカともめ事を起こすようなことはやめろ。彼女を解放するんだ」

「実は、初めは解放しようと考えていた。だが、とても役立つことがわかった。それで、どうするか決断が下されるまで、ここアビーに送られることになったというわけだ」少年のようなフラードの丸顔に不意に笑みが浮かんだ。「彼女はただの秘書にすぎない。パスポートにも近親者に関する記載はない。彼女が逮捕されたところで、誰にも知られはしない。外交上の危険はないのさ」

「まったくないとなぜ言える？」

フラードは質問に気づかないふりをした。「きみの好きなようにしていいぞ、もちろん。あの娘に何をしてもいいし、一緒に何かをしてもいい。それはきみの自由だ。だが、してほしいことを伝えるには英語で話さなければならない。スペイン語がほとんどわからないんでね」声をだんだん小さくして、リカルドと目を合わせる。「彼女はバージンだ。このご時世で、この齢《とし》にしてはめずらしくないか？　今朝、アビーに入所したときに診察を受けたんだが、医者たちがたいそう驚いていたよ。驚いて興奮もした。男はいつだって一番最初が大好きだからな。彼女に手を出させないようにするには、ずいぶんと骨が折れた。だが、部下のひとりがこう言ったんだ。きみと一緒にしたら役に立つかもしれないと。そいつの言うことは正しいとすぐにわかったよ」

「いや、間違っている」

フラードは首を振った。「きみはアメリカ人が好きだ。それに本物の騎士道精神がある。そんな男が無力なバージンに惹《ひ》かれるのは当然だ。なぜ彼女を見ない？　すばらしくかわいいぞ。華奢な体、きれいな胸、それにこの肌……」彼はため息をついた。「心底きみがうらやましいよ、ラサロ。この娘がきみから受ける喜びに期待して震えているのがわからないのか？」

ラサロは視線が女のほうにそれるのを必死にこらえた。「彼女が震えているとしたら、恐怖のせいだ。怯えている女をほしいとは思わない。彼女をここから出してやれ」

「いや、だめだ。この娘はきみとここにいるんだ」フラードは言った。「食事も、会話も、ベッドもきみと分かち合う。そばにいることはいつだって強い刺激になる」彼の視線はリカルドの下半身に移った。「とりわけ、こんな状態におかれた男にとってはな。どうやらこの娘がお気に召したようだな」

ろくでなしめ。リカルド・ラサロのなかに激しい怒りが込み上げたが、おかげで脈打っていた欲情が一時的に鎮まった。「おまえの送り込んだ娼婦たちのときだってそうだったさ。自然な反応だ」彼は顔を歪めて笑った。「だが、ぼくは自分の体をコントロールするすべを知っている。おまえたちに、ぼくを攻撃する武器を与えるつもりはない。もうあきらめたほうがいい、フラード」

フラードは向きを変えてドアの方へ歩いた。「どうかな。きみに思い直す時間をやろう」彼は足を止めると、肩越しに振り返った。「だが、私は少々せっかちなたちでね。ある程度の時間が経っても、きみが自然な欲求に従わないなら、この娘を取り上げて、看守どものなぐさみに与えるつもりだ」彼はリカルドの顔に浮かんだ怒りの表情を認めると、にやりと笑った。「いいか、きみのことはよくわかっているんだ、ラサロ。運悪く、きみは理想主義者だ。弱い者や無垢《むく》な者の庇護《ひご》者だ。さあ、きみにひとりの無垢な女を与えよう。庇護し、楽しむ。これ以上何を望むことがある?」そう言ってエミリオ・フラード大尉はララに視線を移した。「集団レイプは愉快なものじゃないぞ、お嬢さん。せいぜい我らが偉大なる革命家に愛嬌《あいきょう》をふりまくんだな」彼は後ろ手にドアをバタンと閉めた。そのあとすぐ、看守がドアの鍵をかける音が聞こえた。

リカルドは窓に向き直ると、ぼんやりと中庭を眺めた。ああ、こんなことはもうたくさんだ。窓に手を伸ばし、もう一度鉄格子を握った。力が強まるにつれ、上腕の筋肉が盛り上がる。何かを破壊したかった。自分がひどく無力に思えて、いらだち、初めて情熱の苦しみを味わう思春期の若者のように体が熱くなった。

彼は鉄格子にかけられた両手をゆっくりと緩《ゆる》めた。この状況はどうにもならないし、暴力的な行為を見せて女を怖がらせても、何もいいことはない。おそらく、もう充分にフラード大尉に脅かされてきただろうから。

「心配しなくていい」と彼は言った。「きみを傷つけたりしない」フラードがオフィスに向かって中庭をゆっくり歩いていくのが見えた。あのちびのキザ野郎が火炎放射器で焼かれるのを見たら、さぞ愉快だろう。「それから、フラードの企みがなんであれ、それを引き延ばして楽しんでいるのは確かだ」

「そのあとはどうされるかわからないということ？」

彼女の声は低くてかすかに震えていた。その女らしさにどきりとして、初めて目にしたときのような興奮がよみがえってくる。腹の筋肉が締め付けられ、痛いほどにこわばった。これは性的な反応にすぎない。リカルドは自分に言い聞かせた。性的反応だとしたら、自分の心や感情とは関係ない。理性と意志の力があれば、どんなに強い本能的な衝動でも鎮めることができる。「嘘をついても仕方がない。フラードはきみを好きなようにするだろう。彼はアビー刑務所の軍事司令官だ。取り調べの手段として、集団レイプが利用されるのは日常茶《さ》飯事《はんじ》だ」彼はわざと淡々とした口調で話した。「きみが傷つけられるのは止められないが、苦痛をやわらげる方法は教えられる。時間はあまりないが、どうにか間に合う……」

「あれは何?」

彼は振り返って、彼女の視線を追った。棚の上に取り付けられた小さな金属製の黒い物体が見えた。

「そうだ。カメラと盗聴器だ。ここではプライバシーなんて無いということをぼくに感じさせたいのさ」彼は声を張り上げた。「そうだよな、フラード?」

「ひどい」彼女は金切り声を上げた。「ここは何もかもがおぞましいわ。なぜこんなことをされなきゃならないの? 怖いし、頭にくる。わたしは娼婦なんかじゃ……」そこで言葉を切った。「あなた、いま言ったわよね。わたしたちの会話はすべて聞かれて……」ヒステリックに声を荒らげる。「こんなこと許さないわ。絶対に!」彼女は部屋を横切って洗面台まで走ると、水差しをつかみ取り、監視カメラに向かって投げつけた。カメラは棚から吹き飛ばされ、水が棚と白い化粧漆喰《けしようしつくい》に飛び散った。盗聴器も壊れ、バチバチ、シューッと音をたてながら、長いコードをつけたままぶらさがった。

「そんなことをしても無駄だ」リカルドは穏やかに言った。「すぐつけ替えられる」

「監視カメラはあれだけ？」

「そうだ。実際は監視のためというより、ぼくを苦しめるためにフラードが取り付けただけだ」

「彼らがここに駆けつけるまでの時間はどのぐらい？」彼女は息を切らしてはいたが、もうヒステリーは治まっていた。

彼はゆっくりと体をこわばらせ、目を細めてじっと彼女の顔を見つめた。「フラードは五分もすればここに来る。もっと早いかもしれない」

「独房棟にいる看守たちは？」

「逃亡の恐れがなければ、フラードが来るまで待機しているはずだ。彼が主導権を握りたがるのを知っているから」

彼女は部屋を横切り、彼に向かって飛ぶように走った。そして、ささやき声ですばやく言った。「パコ・レナルト」

彼は聞きとがめて繰り返した。「パコ？」

「彼がわたしをここに送ったの。あなたに伝えるためにね。明後日、彼らはアビーを攻撃する。準備をしておくようにと」

「準備だって？　ぼくは五カ月ものあいだずっと準備をしていたよ」リカルドの胸に希望が

湧き上がったが、すぐに押し殺した。

「きみのことを信じろというのか？　フラードがきみをぼくのベッドに送り込んだと思ったら、今度は突然、パコのために働いているだなんて？」彼は首を振った。「あり得ない」

「わたしを信じて。時間がないのよ」ララは舌で唇を湿らせ、ささやいた。「リカルドが〝鍾乳洞《しょうにゅうどう》〟と言えと……」

リカルドがとっさに彼女の唇に手を当てた。「黙って！」

ララは顔をそらしてリカルドの手を避けた。「もう言わないわ。わたしにはなんのことだかわからない。ただ、パコ・レナルトは合言葉にしろと言っただけよ」

リカルドはすばやく頭のなかで考えを巡らせていた。以前は、アビーは度重なる襲撃によって破壊されていたが、ここ数年はそうではなかった。いまでは敷地内は厳重に監視され、電流の通った鉄条網に囲まれている。それに、中庭まで侵入できたとしても、まだたくさんの問題があった。アビーは平屋建てのU字型の建物で、独房はすべて中庭の左側にあった。彼は首を振って言った。「独房棟は襲撃するには警備が厳重すぎる。フラードのオフィスの屋根には、中庭のこっちの方角に狙いを定めたマシンガンが備えつけられている。どうやって襲撃するつもりなのか……」

「わたしにわかるはずがないわ」ララのまつ毛がさっと伏せられ、瞳を覆った。「ただ準備するよう伝えるために、ここに送られたのよ」

「きみはいったい何者なんだ？」

「そんなことはどうでもいいわ。わたしはただ助けるためにここにいる」彼女は震え声で笑った。「なぜなのかはいまは考えられないけれど。セント・ピエールに来たときには、まさか自分が生贄《いけにえ》になるバージンの役を演じるなんて思いもしなかった。わたしのがらじゃないわ。わたしはとても合理的で現実的な人間よ」廊下の敷石を歩くドタドタという騒がしい足音が聞こえると、彼女は頭を傾《かし》げた。「来たわ。教えて、紙と鉛筆はある？」

彼は首を振った。「これから自由に話せるのはシャワー室に連れていかれるときだけだ。フラードのほかは、看守も官吏も英語は話せない。だが、フラードにいつ聞かれているかはまったくわからない」

「シャワー？　それはいつなの？　まあいいわ。もう時間がない」そう言って彼女は部屋の反対側に走り、折りたたみ式ベッドに身を投げ出すと、壁に顔を向けて、胎児のように丸くなった。そこへ、ふたりの看守を従えたフラードが独房になだれ込んできた。

フラード大尉の頬は怒りで青ざめていた。彼はララの縮こまった姿を見下ろした。「きみにはがっかりだ」ベッドまで大股でつかつかと歩み寄ると、ララの腕を鷲づかみにしてぐいと引っ張り、ベッドの上に座らせた。「男はヒステリックな女が嫌いなんだよ。ばかなことはよしなさい」

「ここにいたくないわ」ララはすすり泣いた。「この人と一緒にはいられない。どうしていいかわからないのよ。お願い……」

フラードの手が彼女の頰をピシャリと打った。

その一撃で頭が後ろに跳ね返り、彼女は叫び声を上げた。

「もう充分だ、フラード」リカルドは両脇で拳を作り、衝動的に一歩踏み出した。「彼女はあまりのことに気が動転しているのがわからないのか？」

「だとしたら、学んでもらわなければならないね」フラードはララから一歩離れた。リカルドの表情を読み取ると、その態度からいらだちが消えていた。フラードは満足げにうなずいた。「うまくいってるようだ。保護したがるきみの性分がもう目覚めてる。まだこの娘と会ったばかりなのにな。ベッドに誘ったあとはどんな気分かな？」彼はカメラと盗聴器を調べていた看守のひとりに合図をした。「直すのにどれぐらいかかる？」

「交換しなきゃならないようです。これを取り外してから、保管室に行って、代りのものを持ってくるので」看守は肩をすくめた。「おそらく一時間ほどは」

「だったら、すぐやれ。二、三日もしたら、この独房からなまめかしい声が聞こえてくるはずだ」フラードはチラッとリカルドのほうを振り返った。「そのときが見ものだな、ラサロ」

リカルドは何を言い出すかわからない自分に自信が持てなかった。フラードが彼女を殴ったとき、黙ったままでいるべきだった。だが激しい怒りと独占欲が真っ赤なもやのように沸き上がったのだ。独占欲だと？　その考えにぞくりとする。「彼女はぼくにとってなんの意味もない」リカルドは抑揚をつけずに言った。「おまえの好きにしたらどうだ」

「ああ、いずれそうしよう」フラードはドアのほうへ大股で歩いていく。「きみと一緒にね、私の愛すべき反逆児よ」


看守が壊れた機械を外して独房を出ていくまで、ララは懸命にじっとしていた。「いったいどういうこと？」粗末なベッドに腰を下ろして膝の上で手を握り合わせ、リカルドのこわばった背中を見つめた。彼はまた背を向けており、ララは自分が独房に入ってきたときと同じように彼が距離を置こうとしているのを感じた。「フラードがわたしたちを一緒にしようとするだろうとレナルトが思っている理由なら聞いたけど、わたしには意味がわからないの。どうしてフラードはわたしたちを……」ララはそこで言葉を切り、言いなおした。「つまり、わたしが思うに軍事政権が囚人にそんなことを認めるはずがないと……」

「セックスを？」リカルドが振り向くと、ララは独房に入ったときと同じ衝撃を受けた。リカルド・ラサロは彼女が予想していた男とは違っていた。新聞に載った写真は見たことがあったが、ハンサムな容貌と、少しだけ癖のあるつややめく黒っぽい髪と、眼光鋭い黒い瞳の持ち主だということがわかっただけだった。その写真は彼の放つ強烈なエネルギーだとか抑えた力強さのようなものを表わしきれていなかった。リカルドの髪は肩より長く、緑色の野戦服は色褪せてぼろぼろで、だぶついていた。それでも彼は背筋をすっと伸ばして立っていて、細身で引き締まった百八十センチの体は不屈の精神を体現していた。「フラードにとってはセックスはただの道具だ。ベッドを共にした女性にぼくが愛着を感じると彼は信じている。ぼくに対して使える武器を手に入れたがっているんだ」

「どうやって?」

「拷問だよ。ぼくを拷問しても必要な情報を得られなかったから、ほかの人間を痛めつけてぼくから情報を得ようとしているんだ。ここでは目の前で家族を拷問して相手を落とすやり方はよく使われている」リカルドは苦笑いした。「ぼくなら、魅力をふりまけというエミリオ・フラード大尉のアドバイスには従わないよ。相当痛い目にあうことになるだろうからね」

「集団レイプされるよりも?」

「おそらくはまず最初に集団レイプされるだろう」リカルドが静かな口調で言った。「ぼくの目の前で――ぼくがきみを大切に思っているとフラードが信じ込んだら」

ララは身震いした。「自分が売り物か何かになった気分だわ」その言葉も身震いも本物だった。どんな世界が人間を駒に使うフラードのような男を作り出すのだろう? 「わたしは牛のバラ肉でもハーレムの女でもないのに、そんなふうに扱われるなんて心外だわ。絶対にあなたに魅力的だと思われないようにする。たとえあなたを去勢しなくちゃならないとしてもね」

彼がゆっくりと笑みを浮かべると、険《けわ》しかった顔が驚くほど魅力的に輝いた。「その意気だ」悲しげに顔を歪める。「とはいえ、ぼくの体のその特定の部分を取りのぞくことにあまり熱心にならないでくれると助かるが」そう言ってララに近づいてきた。「頬があざになっているな」やわらかな頬にできたあざを手のひらで愛撫するようになでられ、ララの体のなかで熱くチリチリするものが爆発した。「ぼくのせいできみはすでに傷ついてしまったんだね。すまない、ララ」

フラードはリカルド・ラサロのことを野性的な男だと言っていたが、いま、ララは彼の顔にその野性を見ていた——下唇はふっくらとして官能的で、すっきりした頬は紅潮しており、日に焼けたたくましい喉もとでは脈が激しく打っていた。ララはその脈打つ場所から目をそらせなくなった。

自分の耳にも妙に息切れしたような声に聞こえた。「もう——痛くないわ」

「ほんとうに？」彼は頬に触れたままララを見つめ続けた。独房内の空気が重くなって電気を帯びたようになった。ララは息もできず、目をそらすこともできなかった。嵐が来るのを待っているような気分だった。

「それならよかった」彼が手を下ろした。「きみが傷つかないようにすると言いたいところだが、そんな約束はできないんだ、ララ。ぼくは裏切るわけには……」リカルドはそこで言葉を切り、大きく息を吸った。「まずい事態になった場合、きみが痛めつけられてもぼくは降参するわけにはいかないんだよ」

「わかってるわ」ララはようやく彼から視線を引き剝《は》がした。「それに、あの脂じみた豚に傷つけられるつもりもない。パコ・レナルトを始めとするあなたの軍隊の人たちは狂信的かもしれないけど、わたしには殉死する気はさらさらないから」

リカルドの顔から重々しさが消え、笑うのをこらえようと唇がひくついた。「それなら、きみはとんでもなく間違った状況に飛び込んだと言わせてもらってもいいかな？　いったいなんだってこんなところへ来たんだ？」

「あなたに借りがあるから」彼に見つめられ続け、ララは肩をすくめた。「わたしの弟はブレット・クレイベルなの。小隊の軍曹で……」

「ブレットなら知っている」リカルドが口をはさんだ。

「あなたが弟を覚えているかどうかわからなかったから」ララは目をそらした。「大勢のアメリカ人があなたのために戦おうとここへ集まってきたわ」

「ぼくのためではなく、セント・ピエールのためだ」やさしく訂正する。「そして、選択する権利のために」

ララは膝の上の手をきつく握り合わせた。「違う。あなたのためだわ」激しい口調だった。「あなたはハーメルンの笛吹き男なのよ。ブレットがパコ・レナルトのためにここで戦いたくて大学を辞《や》めると思う？　弟はあなたが水の上を歩けると思っているの。弟は殺されていたかもしれないのよ、まったく」

「きみはぼくに腹を立てているんだね」ララの表情を探りながら彼が言った。

「わたしにはブレットしかいないの。あなたに心酔しているせいで弟が殺されたり大怪我をするなんて許さない。弟はここにいるべき人間じゃないんだから」

「それはきみも同じだ」

「来なくてはならなかったのよ。あなたはブレットの命を救った人だから」

リカルドは歪んだ笑みを浮かべた。「そう言いながらも、そもそもぼくがブレットの命を危険にさらしたとぼくを責めるんだね」

「それが唯一の方法……」ララはいったん言葉を切って大きく息を吸った。「ここへ来たほんとうの理由は、あなたに約束してほしかったからなんだと思う」

「あいにく、現状ではぼくは約束ができる立場にないようだ」

「自由の身になれば、約束できる立場になるわ」ララは彼を見上げた。「ブレットがセント・ピエールに戻ってきても追い返すと約束してほしいの」

リカルドは身じろぎもしない。「男は自分の意志で決めなくてはならない」

「ブレットは違うわ。兵士がひとり増えたところで大差ないでしょう?」

「兵士ひとりにはたいした意味はない。だが、男ひとりには大きな意味がある。ぼくはきみの弟の選択する権利を奪うつもりはない」

「選択の権利ね」ララは苦々しげな笑みを浮かべた。「あなたのいまいましい哲学なんてどうだっていいの。わたしは弟を守りたいだけ」

「ぼくはすべての兄弟を守りたい」リカルドが疲れた口調で言った。「銃声から遠く離れた安全な家にいさせてやりたい。いずれそういう日がやって来るかもしれない」彼はベッドのララの隣に座った。「だけど、きみに約束はしてあげられない、ララ」

彼がこんなにも無慈悲な人だなんて。しかし、このときの彼の表情は無慈悲とはほど遠かった。ただ悲しそうで落胆していて疲れ果てているように見え、ララはほんの少しだけ彼への気持ちがやわらぐのを感じた。気持ちを緩めたりしちゃだめ、と必死に自分に言い聞かせる。約束してくれるよう説き伏せなくてはならないのだから。「それなら、約束してくれるまでしつこく頼み続けるしかないわね」

彼がほほえむと、疲れた表情が消えた。「自分の望みのためにここまでやる女性にはお目にかかったことがない。いつもそんなに頑固なのかい？」

ララはきっぱりとうなずいた。「目標を定めてそれを貫《つらぬ》かなければ、何もなし遂げられないもの」

「きっと、長年の努力と経験を通してそう思うようになったんだろうね。きみはいったいいくつなんだい、ララ？」

子どもに話しかけるような口調にいらだった。「見た目よりも上よ。小柄だからいつも若く見られるの」

「何歳なんだ？」

「二十一よ」

リカルドが小声で悪態をついた。「パコはそんなに若いきみをここへ送り込んだのか？」

「ブレットは双子の弟だけど、あなたは平気で彼を自分の軍隊に受け入れたじゃないの。わたしを使うのにパコ・レナルトがどうしてあれこれ言われなければならないの？」

「軍隊ではチャンスがある。アビー刑務所は違う」

ララはごくりと唾を飲んだ。いらだちはどっと襲ってきたパニックに消された。「わたしたちには脱出できる可能性があるとレナルトは考えているわ」

「あるかもしれない」リカルドは彼女の顔を探った。「どうして誰もきみを止めなかったんだ？　家族はいないのか？」

ララは首を縦に振った。「両親は離婚して、母はわたしたちが十二歳のときに亡くなったの。父は子どもに煩《わずら》わされたくなくて、母の葬儀が終わるとすぐにいなくなったわ。その後の四年間、ブレットとわたしは里親の家を転々とした」肩をすくめる。「わたしの過去を知ってどうするの？　いずれにしてもわたしはここへ来たわ。あなたのすばらしい新世界では、女性たちにも選択の権利があるんじゃないの？」

「もちろんある」彼は顔をしかめた。「だが、男には女性たちを守ることを選択する権利もある」

束の間、ララは驚いて彼をじっと見つめ、それから不意にくすくすと笑った。「それって進歩的な性差別主義かなにか？」

「人間の基本的な衝動に関してぼくの哲学が絶対に確かなものだと言った覚えはないが」

唇に笑みの名残《なごり》を留めながら、ララは頭を振った。この人は英雄であるだけでなく、とても好感の持てる人だ。「いまわたしたちが集中しなくてはならない基本的な衝動は、ここから出られるまで生き延びることよ」

彼は眉をひそめた。「ぼくに警告するためだけにパコがきみをここへ送り込んだなんて理解に苦しむよ」

笑みが消え、ララは顔を背けた。「彼はあなたに心の準備をさせておきたかったのよ」

「きみには危険すぎる任務だ」リカルド・ラサロは立ち上がり、落ち着かないようにまた窓に向かった。「二日は長いな」

「ここに五カ月以上いたあなたにとっては長くはないでしょう」

「その五カ月は、服をほとんど着ていない女性と一緒に縦三メートル、横一・八メートルの独房に閉じこめられていたわけではないからね。エミリオ・フラードはばかじゃない。彼はぼくが欲求不満なのを知っているんだ」

ララは体中が熱くなるのを感じた。コットンのガウンが触れている肌はどこもかしこも興奮で燃えるようだった。彼の言葉とそれによって浮かんだ場面のせいで胸が張り詰め、乳首が硬くなった。

「すまない」彼はララを見ず、慎重に選んだ言葉を小声で話した。「ぼくを怖がらないでくれ。きみを傷つけたりしないから。ただ、きみを……魅力的だと思っているだけだ。きみが協力してくれたら、ふたりで二日間をなんとかやり過ごせるだろう」

「協力するわ」声の震えをなんとか抑えて言った。「難しい状況だけど、仲よくやれない理由はないもの」

「そうかい？」リカルドが短く笑った。「そうできない理由をあっという間にわからせてやることだって……」彼は言いかけてやめ、もう一度話し出したときには抑制の効いた声に戻っていた。「きみの言うとおりだ。仲よくやれない理由はない」ひと呼吸おく。「じきに看守が新しい機械を持って戻ってくるだろう。だから、よく聞いてくれ。どんな話でも名前や場所を出さず、曖昧《あいまい》にするんだ。看守には逆らわず、言われたとおりにすること。看守たちはフラード大尉を恐れているが、かっとなったら手錠をはめたり蹴ったりすることもあるからね。わかったかい？」

ララはうなずいた。「自分たちのチャンスを危険にさらすようなまねはしないわ。ここから出たい気持ちはあなたに負けないぐらい強いもの」

リカルドは板石の床から目を上げてララにほほえんだ。「きみは真面目くさった少女みたいに見えるな」コットンのガウンの下で張り詰めた胸に視線が落ちると、彼の笑みが消えた。

「完全に、ではないが」

太腿のあいだが熱く濡れてくるのを感じ、ララは目を見張った。わたしはいったいどうしてしまったの？　彼の言葉やしぐさにいちいち体が反応してしまうなんて。「あの……見つめないでほしいんだけど。なんだか落ちつかないわ」

「きみが独房に入ってきてからずっと、きみを見ないようにしてきたんだよ」彼の声はかすれていた。「だが、ここはそれほど広くないし、顔を上げるたびに……」はっと口を閉じて扉に目をやった。「看守が来る」

ララも足音を聞きつけ、ほっとした。少なくとも、カメラや盗聴器の存在がふたりのあいだの防壁となってくれるだろう。リカルドのせいで肉体的にも感情的にも影響を受け、それがどんどん高じて、いまではとても心騒がすものになっていたのだ。

「そうだ」リカルドが静かに言った。

ララは問いかけるように彼を見た。

彼女をじっと見つめるリカルドの顔には、わかっているよとばかりの笑みが浮かんでいた。

「しばらくは大丈夫だろうが、長くはもたないだろう。自分たちでなんとかこらえなければならないよ、かわいい《ケリーダ》きみ」

考えていたことがどうして彼にわかってしまったの？　一瞬ララは、彼の信奉者たちが作り上げた伝説を信じそうになった。ばかげてるわ、とあわてて自分に言い聞かせる。彼はただ相手のボディーランゲージを読むのに慣れているだけよ。それに、わたしはポーカーフェイスとは言えないし。ブレットからはいつも、どんな感情も鏡に映るみたいにはっきりと顔に出る、と言われていた。

「わたしはずっと自分でなんとかやってきたわ」ララは静かに言った。

「ぼくもだ」疲れた表情が彼の顔に戻るのを見たララは、この人は深い孤独をずっと抱えてきたのかもしれないという漠然とした印象を受けた。「だが、今回は忍耐をぎりぎりまで試されるような気がしている」

ララが答える間もなく、鍵の差し込まれる音がして扉が大きく開かれ、新しい盗聴器を持った看守が入ってきた。

2

監視人が盗聴器を取り換えるのに一時間以上かかった。そのあいだララは黙って簡易ベッドの上に座っていた。気持ちが張り詰めて体中の筋肉がこわばっている。ああ、なんて暑いの。白い化粧漆喰の壁が、ためこんだ熱を大きなかまどのような監獄に吐き出しているかのようだ。たっぷりとした長い髪の下で、うなじに玉のような汗をかいている。こんな状態でリカルド・ラサロは何カ月もどうやって耐えていたのかしら？

ララは目の片隅で彼を見た。暑さを苦にしている様子はなかった。汗すらかいていない。簡易ベッドから少し離れた窓の下で、両手で軽く膝を抱えてじっと座ったまま、小柄な黒い口ひげの監視人が、盗聴器のソケットにコードをつなぎ直すのを見ている。リカルドはその作業にすっかり心を奪われているようだった。

ララはそわそわと独房に目を走らせた。だが、観賞するようなものはほとんどなかった。なかは殺風景でがらんとしていて、いまも修道僧がいた頃と変わっていないに違いない。ララが座っている簡易ベッドの上にあるのは、みすぼらしい枕と擦り切れた綿のシーツに覆われた薄いでこぼこのマットレスだけだ。独房の向こう側にある洗面台は、ひび割れて汚れた青い洗面器に占領されていた。窓の鉄格子から日の光が差し込み、リカルドの前の石畳の床に光に彩られた区画を描き、彼の額《ひたい》に垂れかかる巻き毛を染めていた。彼の持ち物の入った鞄《かばん》もなければ本もない。投獄され、すべてを奪われてしまったリカルドが気を紛らわせるようなものは何もなかった。ペンと紙を持つことさえ許されなかった。ララは彼がそう言っていたのを思い出した。

「どうしたらこんなところで耐えていられるの？」不意にララは訊いた。

リカルドの視線が監視人からララに移った。「最初に連行されたときに入れられた場所に比べたら、ここも高級スイートさ。いまのところ、フラードはぼくを甘やかしておくつもりなんだ。夜になると廊下の先にあるバスルームに連れていかれてシャワーを使わせてくれる。週に二度は洗濯もできる。食事は日に一度。ほかに何が望める？」

「何もすることがないわ」

リカルドは笑みを浮かべた。「頭の中で考えることはできるよ。戦略を練《ね》り、記憶力の鍛《たん》錬《れん》をする。詩だって作れるさ」

「詩人にして戦士ね」ララはつぶやいた。

リカルドは顔をしかめて言った。「マスコミの煽《あお》り文句だ」

「あなたがマスコミに愛されてるのは確かよ」ララはもっともだというように言った。

「注目を浴びれば革命の助けになる。ぼくにはアメリカやヨーロッパに友人や支援者がいるし、誰もがここで何が起きているか知っているんだ」リカルドは口を引き結んだ。「きみは驚くだろうな。世界中の非難の目がこのアビー刑務所のようなところに集まっているいま、軍事政権《フンタ》に進んで武器を提供する国がどんなに少ないか。二年前には刑務所はどこも囚人でいっぱいだった。ところがいまでは、フラード大尉が自分の愉《たの》しみのためにいくつか押さえているにすぎない」

「それじゃあ、あなたは支援者たちに自分を利用させているのね」

「小さな代償だ」彼は一瞬口を閉ざしてから続けた。「大学生の頃は詩人になりたかった。生涯をかけて、世界を揺さぶるような美しい言葉を生み出す自分のことしか興味がなかった」

「あなたの書くものは世界を揺さぶると言う人もいるわ」

「確かにいる。でもきみはそうではないようだ」

「読んだことがないの。わたしの好みじゃないから」

「どういうのが好みなんだい、ララ？」

「わたしは世界を揺さぶりたいなんて思ったことはないわ。自分のものだと思える大切な何かがほしいだけ。いつか小さな町に住んで、湖のそばに家を買うの。そして、たくさんの犬と親しい友だちが何人かいればいい」ララは床に視線を落とした。「とても革命を起こすようなタイプの人間じゃないわ」

「きみは間違っていると思う」

ララがはっとして目を上げると、リカルドが唇の両端をくぼませ、かすかな笑みを浮かべて言った。「革命の礎《いしずえ》となるのは扇動家たちじゃない。声なき民衆なんだ。いまにも森に火がつきそうだとしたら、あとは火付け役がいればいい」

「わたしのことを火付け役だと思ってるのね？」

リカルドは考え深げにララを見た。「こんな状況に向うみずに飛び込んでくる女性は、充分に国全体を燃え上がらせる火種を持っていると思うけどね」

ララは唾を飲み込み、あわてて監獄の向こうにいる監視人を見た。コードをつなぎ終えてソケットに差し込んでいるところだった。「もう少しで終わるわ。これからは話すことに気をつけなければ」

「フラードに聞かせられないことは何も言ってない」

ララは驚きを感じながらも、彼の言うとおりだと思った。ふたりの会話は当たりさわりのない、ほとんど感情をまじえないものだった。それでもララは、言葉のひとつひとつに彼の本心と親密さが込められているような気がした。

「これからどうするの？」

「待つんだ」

ララはゆっくりと化粧漆喰の壁にもたれかかった。「詩を作るのはあまり得意じゃないし、わたしは物覚えが悪いの。話をしない？」

リカルドの視線が監視人に戻った。「きみのほうを見なくてよければ。いったい、そのガウンをどこで手に入れたんだい？」

焼けつくような熱が、再びララの全身を駆けめぐった。「診療所で渡されたの。あそこで……診察されたあとに」

「ああ、そうか。調べられたんだね」リカルドは指の関節が白くなるまで手をきつく握りしめた。「痛かったかい？」

「いいえ。医学的なものとはちょっと違ったから」ララは笑おうとしたが声が震えていた。

「でも、怖かったわ」

監視人は棚に盗聴器を戻してスイッチを入れた。そして、ふたりのほうを見ることもなく、踵《きびす》を返してそそくさと監獄を出ていった。

ララは興味をそそられて小さな黒いボックスに目をやった。すると突然、裸にされて心の奥深くまで辱《はずかし》められているような気がした。

「気にしてはだめだ」リカルドは言った。「心のなかにまで踏み込んできて、実際にきみをおとしめるわけじゃない。彼の黒い瞳が不意に輝いた。「それどころか、きみはもっと高いところを目指すべきなんだ。フラードのような愚か者にこんなふうに無力感を抱かされて、不名誉に甘んじるのではなく」

　リカルドに思っていることを苦もなく言い当てられたのは二度目だったが、今度は警戒する気持ちは起こらず、感謝の念を覚えただけだった。彼の前向きな言葉は、凌辱《りょうじょく》されているという気持ちを拭《ぬぐ》い去り、フラードがいまもふたりの会話に耳を傾けているという事実を愚かで取るに足らないことだと思わせてくれた。

「高いところを目指しているのはあなたよ」とララは鼻にしわを寄せて言った。「わたしはたまたま乗りかかっただけ」

「乗りかかる？」リカルドの目が無頓着な茶目っ気を帯びてきらりと光った。「それこそフラードの頭にあることさ。きみが同じ考えかどうかはわからないけれど」

　その二重の意味に気づいて、ララの頬が赤く染まった。まったくもう。独房に入れられてからずっと顔を赤くしてばかりいるみたい。「そんなつもりで言ったんじゃないことはわかって……」

「わかってるよ」リカルドはララを遮《さえぎ》って言った。笑顔が消えていた。「悪かった。母親にアイルランドの血が混じっているせいで、ときどきがさつなケルト気質が顔を出してしまうんだ」彼は盗聴器に目をやった。「ぼくはきみにいてほしいけれど、きみがそれ以上に、もうここにはいたくないと思っているのはよくわかってる」

　リカルドはわたしを守ろうとしている。エミリオ・フラード大尉が武器にする恐れのある親密さの兆《きざ》しを消し去ろうとしている。彼の意図はわかっていた。それにもかかわらず、ララは彼の言葉になぜか傷ついていた。「わかり合えてよかったわ」

「そうだな」ぐったりと壁に頭をもたせかけてリカルドは言った。「わかり合えたのは間違いない」

夕闇がせまる頃、ふたりの監視人がララとリカルドを連れに来た。廊下の突き当たりのバスルームでシャワーを浴びさせるためだった。監視人のひとりは、盗聴器を取り換えた小柄な口ひげのある兵士で、もうひとりはそれより背が高く、広い頬骨にわし鼻のさらに醜《みにく》い男だった。

バスルームに着くと、リカルドがせっぱつまった口調で言った。「大丈夫だ。彼らのことは無視するんだ。きみに触れるなと命令されているはずだから」

「いったいどういう……」そう言いかけたところで、背の高いほうの監視人がドアを開け、ララはトイレに押し込まれた。あとから入ってきたのはリカルドではなく監視人だった。ララはリカルドが何を言おうとしていたのか理解した。

ララがトイレを使い終えると、監視人がにやにやしながら向かいのシャワー室のドアを開け、身振りで先に入るよう促《うなが》した。横を通り過ぎようとすると、こそこそしたいやらしい手つきでなでられ、ララはシャワー室に逃げ込んだ。あざけるような笑いを浮かべた顔を棍棒《こんぼう》で叩き潰《つぶ》してやりたい。わたしが感じているような無力感と恥ずかしさを味わわせてやりたい。それから……。

　バスルームの奥のシャワー室はどう見てもひとり用だったが、すでに誰かが入っていた。リカルドが裸で水しぶきの下に立っているのを見て、ララは唇を舐めた。肌は全身琥珀色《こはく》で、痩《や》せているにもかかわらず筋肉が波打ち、力強くがっしりしている。胸にはくさび型に毛が生え、腰のくびれのところで鉛筆のように細くなり、彼自身を包み囲んでいた。ララはあわてて目をそらして彼の顔を見た。「ここにいると……思わなかったから」

　リカルドは暗い笑みを浮かべた。「なぜ？　ぼくらはなんでも一緒にすることになるとフラードが言ったじゃないか」

　監視人がララをシャワー室の奥へ押しやり、大声で何か命じた。

「服を脱いでシャワーを浴びろと言ってる。逆らうんじゃない」リカルドはララに背中を向け、水しぶきに向かって顔を上げた。「すぐに終わるから」

　トイレで受けたような辱めはもうないと思っていたのに、思い違いだったようだ。ララは深く息を吸い込み、薄い布のガウンを頭から引っ張り上げて脱ぐと床に落とした。監視人たちが視線を向けたり、卑猥な言葉をはくことはなかったが、体をつかまれたりしないようシャワー室の隅に身を隠した。冷たい水しぶきを避けて監視人たちに背を向けると、すがるようにリカルドの顔を見上げる。「こんなことには耐えられない。大嫌いよ、あんな人たち」

頬に涙がこぼれ落ちるのがわかった。だが怒りのためか、恥辱のためか、それとも恐怖のためかはわからなかった。「できるものなら……」

「しーっ、わかってる」ララの頭越しに灰色の壁を見つめたまま、リカルドは石鹼に手を伸ばした。「何かほかのことを考えるんだ」

ララはリカルドの胸に視線を落とし、鋭く息を吸い込んだ。そばで見ると、彼の腹部に小さな傷跡が縦横に走っているのがわかった。

「いったい……」

「アイスピックだよ。まぎれもなくフラードの陰険なやり方のひとつだ」リカルドはララの髪を泡立ててもみはじめた。

「やつとしては、電動式の牛追い棒のほうがお好みのようだけれどね」

ララは吐き気を覚えた。「ごめんなさい」

「なぜきみが謝る？　それにもうすんだことさ」

拷問は終わったかもしれない。でも、リカルドのような仕打ちをされたら、その記憶が頭から消し去られることはないような気がする。「恥ずかしい。体を見られたぐらいで、ばかみたいにめそめそ泣くなんて。あなたが……」

「黙って」リカルドの口調は、ララの髪を泡で洗う手つきと同じようにやさしかった。「ちょっとした辱めが、一番人を傷つけるものなんだ」リカルドは顔をしかめた。「フラードが牛追い棒を振り回しているときには、そんなことは思いもしなかったけれど」彼はララの頭を後ろに傾け、冷たい水で石鹸を洗い流した。そしてララを振り向かせると、彼に背中を向けて立たせた。「犬が飼いたいって言ってたね。どんな犬がほしいんだい？」

「雑種よ。ふわふわの大きな雑種。そういう犬って逆に個性があると思うの」監視人たちの笑い声が聞こえてきて、ララはじっと壁を見つめ続けた。「もう我慢できない。いつここから出られるの？」

「あいつらはすぐに飽きるよ」いくぶん声を落としてリカルドは言った。「そうでなければ、暑いのがいやになって刑務所お抱えの売春婦《プータ》を探しに行くさ」彼はララを前に押して、自分が全身に水を浴びられるようにした。「ぼくは子どもの頃にラブラドールを飼っていた。どこにでもついてきたっけ」

「わたしはペットを飼ったことがないの。里親のところを出たらブレットと一緒に飼うつもりだったんだけれど、その頃はふたりとも大学にいたから実現できなかったの」

「大学では何を？」

「法律を。弁護士になりたくて。いつだって――あの人たち、まだわたしを見てる？」

「ああ」リカルドの声はくぐもっていた。「ぼくのこともだ」彼は一歩下がった。「フラードは彼らの報告にことのほか満足するだろうな」

　ララはその言葉の意味することがわかると、身をこわばらせた。リカルドは欲情をかきたてられていた。「冷たいシャワーのせいだ。考えてみると——五カ月も何もないんだ。シャワーに打たれて、ほてってきたみたいだ。ああ、きみの肌がきらめいて見える。どんなにきみに触れたいかわかるかい？」

ララは舌で唇を濡らした。「あなたの犬はなんていう名前だったの？」

「覚えてない」彼の笑いは捨て鉢《ばち》のような調子だった。「何も覚えていないんだ」

ララにとっても、水はもう冷たくはなかった。監視人たちの視線もほとんど気にならないことに気づいて彼女は驚いた。リカルドはもう手を触れていなかったが、ララにはほんの数センチのところにいる彼の存在を肌で感じることができた。さっき水しぶきの下に立っている彼を見たときのイメージが目に焼きついていた。長い黒髪は艶やかで、引き締まった体は日に焼けて、たっぷりオイルを塗ったようになめらかだった。何を話していたんだったかしら。ララはぼんやりと思った。犬の話。こんなときに犬の話をするなんてばかみたい。「街で大型犬を飼うのはよくないわ」ララは息をはずませながら言った。「走らせてあげないと」

「街に住んでいたわけじゃない。ぼくの家は島の先端にあったから。——背骨のくぼみにほくろがあるね」

「ほんとに？　気づかなかったわ」

「すごく小さい」あまりにも穏やかな声だったので聞き取れないほどだった。「ちょうどヒップがかわいらしい曲線を描きだすところに」リカルドは一瞬口をつぐんでから続けた。

「水を浴びて肌がなめらかになってる。艶やかな黄金のように輝いているよ」

ララは乳房が膨らむのを感じた。胸が上下するたびに呼吸がどんどん速くなってくる。下腹部の筋肉がどうしようもなく締め付けられた。

突然、けたたましい笑い声がして、監視人たちが早口のスペイン語でまくしたてるのが聞こえた。

「なんて言ってるの？」

リカルドは一瞬黙り込むと、かすれた声で言った。「きみがその気になっていると。だからぼくは種馬と雌馬みたいにきみとやればいいと。きみの脚を広げて深く入れてやればいいと。これ以上待つなんて、ぼくはばかだと」

ああ、なんてこと。わたしはその気になっている。こんな状況で、どうしてこんなにも激しい原始的な反応が起こったりするの？　喉が締め付けられたようにかすれた声でララは言った。「わたしは違う。そんなこと望んでない。わたしたちはここから出なければいけないんだから」

背中でリカルドの荒い息づかいが聞こえた。「まったくきみの言うとおりだ。ぼくが先に出て服を放るよ。ぼくが呼ぶまで待つんだ。やつらはぼくをあざけるのに忙しすぎて、きみにはかまわないだろう」

空気が動き、ぬくもりが逃げてリカルドが出ていったのがわかった。ララは目を閉じて手を伸ばすと、シャワー室の濡れた壁に手のひらを押しつけた。

監視人たちの笑い声に耳を閉ざし、タイルを打つ水しぶきの音以外はすべて締め出そうとした。

「ララ」

彼女は顔を上げて身構えた。

「さあ、ララ」

彼女は振り向いてシャワーの下からすばやく出た。ほんの二、三歩先に、リカルドがガウンを手にして立っていた。ララはドアのそばにいる監視人を無視して、必死でしがみつくようにリカルドの顔を見た。

彼はほほえんでいた。思いやりのこもった、心をなごませるような微笑にララの息づかいがもとに戻った。彼はガウンで包み込もうとしていた。頭からかぶせられ、すばやく下に引き下ろされて、体が包まれた。もっとも、しっかりと包まれているようには思えない。ララは憂鬱な気持ちだった。濡れたままの体が、湿ったコットンのガウンに触れるたびにまとわりつく。

「ほら、もう大丈夫。立派だったね。きみはとても勇敢だったよ、愛しい人《ケリーダ》」リカルドはそっとララの顔から濡れた髪をかきあげた。そして左の肩から長く濃い髪をかき寄せて水気をしぼった。彼の言葉に誇らしさが波紋のように広がり、ララは奇妙な震えを感じた。まるでメダルをもらったような気持ちだった。リカルドはささやくようにまた言った。「もう終わったんだよ」

終わった？　たぶん辱めは終わったのだろう。でも、何か別のことが始まったような気がする。一緒にシャワーを浴びているあいだに、肉体的にではないにしても、感情的な部分では確かに彼と結びついていた。欲望を、辱めを、孤立感を分かち合ったせいで、彼を頼るようになってしまった自分がいた。いままで誰にも頼ったことなどなかったのに。結びつきはいまもまだ続いていた。彼から目をそらすことができそうもなかった。「わたしに触れてはいけないんでしょう？」ララはささやくように言った。

「ああ。こんなふうには」リカルドは両手をララの髪から下ろした。「欲望を感じるのはかまわない。でもやさしさを……」彼は不意に背中を向けた。「そうだ、きみに触れるべきじゃなかった」片手を差し出す。「一緒に来るんだ。離れずに、急いで」彼は口をぎゅっと引き結んだ。「大急ぎで独房に戻らなくては。いま、やつらがきみに触れたら、我慢できそうにない」

ララはリカルドの手に自分の手を滑り込ませた。彼はその手をすぐにしっかりと握った。

なんて力強いのかしら。

一緒にいると安心する。

彼との絆《きずな》を感じる。

独房の扉がふたりの後ろで閉じられ、監視人たちがあざけるように笑いながら話す声を締め出した。独房は暗く、窓の鉄格子から月明かりが差し込むだけで、昼間の光と同じように床に模様を描いていた。

リカルドは独房を突っ切り、背中を向けたまま窓のところに立った。ララには彼の影のようなシルエットしか見えなかった。すると彼は、ひどく荒っぽいしぐさで片手を伸ばして鉄格子をつかんだ。窓から引き抜いてやりたいとでもいうように。

「ありがとう」ララは静かな声で言った。

「なぜ？」彼は言った。「監視人たちの前できみをレイプしなかったから？　まだそこまで野蛮《やばん》な人間にはなっていない」

「やさしくしてくれたわ。助けてくれた」

「個人的な感情からじゃない。きみのことなどまったく気にかけてない。気にかけることなどできない」

ララは独房の反対側に立ったまま、リカルドの動かない背骨のラインを見つめた。すると彼は、鉄格子に伸ばした腕に頭をもたせかけた。疲れ切ったようなそのしぐさに、どういうわけかララは胸をつかれ、痛みを覚えた。「個人的な感情じゃないことはわかってる。でも、あなたは恐ろしい状況を乗り切るのを楽にしてくれた。それに……」

「もう寝たほうがいい」顔を腕に押しつけているせいで、彼の言葉はくぐもって聞こえた。

ララはどうすればいいかわからず、戸惑っていた。まだ眠りたくなかった。独房の向こう側に行って彼を慰めたかった。その瞬間、彼がひどく孤独に見えた。

「さあ」彼が再び言った。

「あなたはどこで寝るの？」

「床の上だ。ぼくは慣れてるから。どこでも寝られる」

ララは独房のなかを突っ切り、ゆっくりと簡易ベッドのところに行った。「枕を使って」

リカルドは鉄格子から手を離し、ララに顔を向けた。「いらない……」

「使ってちょうだい」ララはかたくなに繰り返し、彼に枕を放った。「こんな一日を過ごしたあとですもの、サボテンのベッドの上でだって眠れるわ」

「大きな声を出すんじゃない。フラードのことだ。明日にでもその簡易ベッドを処分して、サボテンのベッドを置かせるかもしれないぞ」

ララはベッドの上で体を伸ばして目を閉じた。日中のうだるような暑さは影をひそめ、ひんやりした風が吹き込んできて身震いがした。「セント・ピエールにサボテンはないでしょう？」

「フラードなら空輸させるだろうな」リカルドは言葉を切った。「なぜ震えてるんだい？」

「どうしてそれが……」ララはそこで口を閉じた。リカルドは周囲に対する鋭い感覚を備えているようだった。暗闇のなかでは、ぼんやりとした影しか見えないはずなのに、彼はわずかな動きも感じとっていた。「ガウンが濡れてるから。ほら、体を拭く暇がなかったの」

　リカルドは一瞬黙り込むと、また口を開いた。「そうだったね」暗闇のなかで不意に彼が体を動かした。「それを脱いで」

「なんですって？」

「こんな最悪の場所で病気になるわけにはいかない。ぼくのシャツなら乾いてるから、今夜はこれを着て眠ればいい」

「でも、あなたは寒くない？」

「寒さは締め出せる」リカルドはシャツをララに放った。「それを着て」

　ララはためらいながらも身を起こすと、ゆっくりと頭からガウンを脱いだ。彼の言うとおりだ。目の前にさらに多くの問題が待ち受けているのに、風邪などひいてはいられない。ララはすばやくシャツを着ると、顎の下までボタンを留めた。布地はまだリカルドの体の熱を保っていて、石鹸と汗の匂いがした。

「どうやって締め出すの？」

「やり方はいくつかある。ただ、集中する必要があるけれど」

　ララはコットンのガウンを床に広げ、再びベッドの上で体を伸ばした。「ヨガみたいなもの？」

「いくらかは。ヨガ、自己催眠。いろいろな方法を取り入れて自己流でやっている」

それで彼は拷問を耐え抜いたのだ。「すべてを締め出せるの？」

彼はまた黙り込んでから言った。「いや、すべてじゃない」

不意に独房が再び静けさに包まれた。ララはシャワー室でリカルドが後ろに立ち、自分を求めているのがわかったときと同じ熱さと、くらくらするような高ぶりを感じた。リカルド・ラサロに対してこんな気持ちになるなんて正気とは思えない。彼は人生のあらゆる不安を象徴しているというのに。

「頼むから、もう寝てくれ」

彼の息づかいがわずかに速くなるのがわかった。声はぴんと張り詰め、緊張の糸がいまにも切れそうだ。ララは目を閉じたが、いっそうまずいことになった。みずから視覚を遮断したせいで、ほかの感覚すべてがいっそう研ぎ澄まされてしまったのだ。彼のシャツの香りがする。でも彼の香りじゃない。ララは息を吸うたびに胸のうちでつぶやいた。これだけ距離があるのだから、彼の体が放つぬくもりを感じることなんて絶対に無理よ。「それがいいわね。おやすみなさい、リカルド」

リカルドは窓の下の床に座り込むと、昼間と同じ姿勢で両手を膝のところで軽く組み合わせた。「おやすみ《ブエナス・ノーチエス》、ララ」

彼がララの名前を口にするときのやさしい言い方は、甘美で官能的な音楽のようだった。

ララはベッドの上で体を丸め、頭から彼のことを締め出そうとした。鋭い感受性と不屈の精神力。詩人にして戦士。

こんなふうに彼に影響されてはいけない。ララは必死に自分に言い聞かせた。ここにいる理由はひとつしかない。リカルド・ラサロがアビー刑務所から脱出したら、弟をリカルドのいまわしい戦争に巻き込まないと約束してもらうことだ。弟のブレットのように、想像力も感情もリカルドに捕われてはいけない。一緒に閉じ込められてあまりにも身近にいるから、いやおうなしに親密さを感じてしまうだけだ。それで思慮深いいつもの自分とかけ離れた反応を示してしまうのだ。心になんのしこりも残さず、この出会いに背を向けられると思っていたのに。短い時間を一緒に過ごしただけで、こんなふうに絆が生まれるなんて思ってもいなかった。それでも、ふたりのあいだに何かが起こったことは認めないわけにはいかない。

ララは全身の筋肉をリラックスさせようと、深呼吸を繰り返した。すべてうまくいく。あと二日乗り切ればいいだけ。そうすれば自分の知っている世界に、理解できる世界に戻れる。

あと二日。なんとか乗り切らなければ。

——ララはまだ目を覚ましていた。

ふたりのあいだにはわずかな距離があるだけで、リカルドにはララの放つ緊張の波が肌で感じられるほどだった。彼は組み合わせた両手を、関節が白くなるまでゆっくりと握りしめていた。

彼女はぼくを助けに来てくれたのだ。そしてぼくは野蛮な人間じゃない。

それでも、ああ、なんということだ。彼女がほしい。

まだララはほんの子どもにすぎない。予想もしなかった醜い世界に入り込んでしまった、勇敢な子どもに。

彼女の背筋の優美な線が、濡れてつやつやしたヒップの女らしい膨らみに……。

女性には恋人を選ぶ権利がある。だがララには選択の余地が残されているとは言えない。彼女はリカルドを拒まないだろう。初めは多少抵抗するにしても。でもぼくなら、彼女を目覚めさせ、気づかせることができる。ぼくが彼女を求めているのと同じぐらい強く、彼女もぼくを求めていることを。

誘惑する？　ご立派な哲学とやらはどこにいった？　誘惑すれば、無理強《じ》いするのと同じぐらい確実に自由な選択をひとつ奪うことになる。

苦しい。彼女に触れ、彼女の脚のあいだで動き、彼女が激情にかられて声を上げるのを聞きたい。

そうなったらフラードの勝ちだ。ふたりともあのろくでなしの手に落ちることになる。

明後日にはパコが攻撃を仕掛ける。だが、攻撃の前にフラードがララを自分のところに連れていくかもしれない。

くそっ。やつはとんでもない男だ。フラードはまずい状況に陥《おちい》ったら、わざとララの身を危険にさらすようなことをするのではないだろうか？

だめだ！

リカルドは下唇を噛《か》んだ。舌の上に銅のような血の味が広がった。

あと二日、なんとしても乗り切らなければ。

「唇が切れてるわ」ララは心配そうにリカルドの下唇をじっと見つめた。「いままで気づかなかった」

「なんでもない」リカルドは皿に残ったメロンの最後のひとくちを口に放り込んだ。「皿にあるものを片付けてしまうんだ。今日はもう何も口にできないだろうから」

「お腹《なか》がすいてないの」独房の熱さに息がつまりそうだった。昨日と変わらず、息をするのもつらい。ララは果物がのった皿を押しやった。「たんぱく質が多いというわけでもないし」

「あいつらにすれば、南国の果物を手に入れるほうが安上がりなんだ。たいてい週に一度は肉が食べられる」リカルドはララの皿を手に取り、自分の皿と一緒に扉のそばに置いた。

「それで不足はない」

「今日をどうやって乗り切るの？」

「毎日やっているように」リカルドは床に伏せて腕立て伏せを始めた。「まずは体のトレーニング」

ララはベッドの上からリカルドを見つめた。まだ彼のシャツを着ていた。彼はたっぷりと時間をかけてトレーニングを続けた。腕と腹部の筋肉が、伸びたり縮んだりするのがわかった。

「これを毎日やっているの？」

「日に何度か。これで脳が活性化して、さらに感覚が研ぎ澄まされるんだ。こんな状況で無気力になるのは危険だからね」日に焼けた上半身が汗で光っていた。それにもかかわらず、息は始めたときよりもかすかに速くなっているだけだった。ようやくトレーニングが終わると、リカルドは壁に背中をもたせかけてララに笑いかけた。「きみの番だ」

「いいえ、結構よ。わたしの考えるトレーニングは、週に何度かＹＭＣＡで泳ぐことだから」

「きみが水泳をやっていると気づくべきだったな。泳いで鍛《きた》えた筋肉は、よりしなやかになるから」リカルドの視線がララのふくらはぎにとまり、それから剝き出しの腿へとのぼっていった。「よりしなやかに」

最後の言葉は、くぐもってかすれていた。ララはシャツを引き下ろしたくなるのをこらえた。そして不意に立ち上がると、昨日の夜に床に広げた薄い布のガウンに手を伸ばした。

「もう乾いているわね。ちょっと目を閉じてくれたらシャツを返すわ」

リカルドは素直に目を閉じ、頭を後ろに傾けて壁にもたれかけた。「昨夜はよく眠れなかったんだね」

「ええ」ララはシャツのボタンを外し、腕からすべり落とした。「どうしてわかったの?」

「ぼくもあまり眠れなかったから」

ララは頭からガウンをかぶり、腰の上から落ち着かせた。「床の上で眠るのは気にならないって言ったくせに」

「間違っていたようだ」

「もう目を開けていいわよ」

リカルドはまぶたをぱっと開いてララにほほえみかけた。「シャツを着ているほうがよかったな」

ララは彼の視線を避けながら、シャツを手に取って彼に放った。「わたしたちふたりとも、ここではあまり衣装もちとは言えないわ。あなただって、わたしに服を貸す余裕なんてないでしょ」ララはベッドに腰かけ、髪のもつれを解きほぐそうと両手を上げて指ですきはじめた。「ヘアブラシなんて持ってないわよね?」

リカルドは首を横に振った。

「やっぱり」ララは顔をしかめた。「おかしいわね。ヘアブラシなんてあるのが当たり前だと思っていたから、いざないとなると……」口をつぐんで顔を上げると、リカルドが見つめていた。「なぜそんなふうにわたしを見ているの?」

「どんなふうに?」リカルドはララから目を背けて床に視線を落とした。「ただ見ていただけだよ」

ララは自分の体をさっと見下ろし、不意に気づいた。両手を上げたせいでガウンが引っ張られ、布に押しつけられた胸の頂《いただき》がぼんやりとその輪郭をあらわにしていた。あわてて両手を下におろすと、沈黙を破ろうと必死で言葉を探した。「シャツを着ないの?」

「ああ、まだだ」リカルドはゆっくりと視線を上げてララと目を合わせた。「まだきみの香りがする」

全身が熱い波にうずき、ララは息を飲んだ。

リカルドは再び視線をそらし、片手でシャツをぎゅっと握った。「連想ゲームをしないか?」

わたしたちいままでずっと連想ばかりしていたんじゃない? ララはどぎまぎしながら思った。「連想ゲーム?」

リカルドはまっすぐに座りなおした。「何かに集中しよう。気持ちをそらすことが……」眉をひそめて顔をしかめる。「〈二十の質問〉がいい。〈二十の質問〉というゲームをやろう。ぼくが何かを思い浮かべるから、それが何か当てるんだ」

どうぞわたしと同じことを考えていませんように。ララは思った。

リカルドのしかめ面が消え、不意にからかうようなほほえみを浮かべた。それからたしなめるように口をぎゅっと結び、何も言わずに首を横に振る。

いやな人。彼がララの考えていたことをぴたりと当てたのは明らかだった。それでも気晴らしができたおかげで、ふたりのあいだの緊張が解けた。それは間違いなく歓迎すべき変化だった。

ララはベッドに腰かけたままリカルドに笑みを返した。「あなたが考えているのは、動物？　野菜？　それとも鉱物？」

3

「ずるいわ」ララは膝を折って座りなおし、とがめるようにリカルドをにらんだ。「誰だってクジラは魚だと思ってるわよ」

「哺乳類だよ」リカルドは満足そうに笑みを浮かべて言った。「きみは適切な質問をしなかった。自分がクジラを魚だと思っているからといってぼくを責めないでくれ。いったい大学で何を習ったんだい?」

「クジラは海にいるのよ。どうしてそう思っちゃいけない……」ララはそこで言葉を切ると、急に笑い出した。「もう、なんてばかな勘違い。いいわ、降参よ」

「やっと認めたね。きみみたいに頑固な女性には会ったことがないよ」

ララは彼に向かって鼻にしわを寄せた。「負けるのは好きじゃないの」

「わかるよ」リカルドは考え込んだ様子でララを見つめた。「それに、あまり負けることもない。すごく頭の回転が速くて。たった一日一緒にいただけで仲たがいするとはね」

ララはうなずいた。「あなたがいまいましいクジラのことなんて思いつかなければ、わたしのほうが有利だったのに」

窓から石の床に降り注いでいた日差しが長くなっていた。ララは午後も遅い時間になっていることに気づいて驚いた。さまざまな言葉のゲームをしているうちに、時間は光のような速度で飛ぶように過ぎ去り、いつのまにか〈二十の質問〉を繰り返していた。あまりにも夢中になっていたので自分がどこにいるかも、自分たちを取り囲む危険のこともほとんど忘れていた。

リカルドのおかげで忘れられた。この何時間かのあいだに、彼はまったく別の一面を見せていた。ララは彼の機知に富んだ会話に笑い、頭のよさに賞賛の念を覚えた。彼の強い熱意に抱え上げられ、まるでジェットコースターで疾走するように重苦しい世界から逃げ出せた。

「どうやるの？」ララは不意に尋ねた。笑いは消えていた。「どうやったらここにいることを苦にしないでいられるの？　わたしはたった一日この独房にいただけなのに、あなたが気持ちをそらしてくれなかったら、頭がおかしくなっていたわ」

「どんな状況でも、たいていは気を紛らわすことのできる小さな気晴らしがあるものだ。ぼくがここでやり方を教えなくても、いずれは自分で見つけていただろう」

「そんなこと信じられない」

「わかるんだ」

「なぜ？」

不意にリカルドの顔に輝くような笑みが浮かんだ。「きみは負けるのが嫌いだから」

ララは笑い声を上げた。「それは認めないわけにはいかないわね？　だけど、これはそういうこととはわけが……」ララは黙り込んだ。廊下を歩いてくる足音がした。身を固くして、あわてて扉に目をやる。

「落ち着いて」リカルドは背筋を伸ばして座りなおすと穏やかに言った。「きっとなんでもない」

「そうじゃないかも」ララは舌で唇を濡らした。「動物、野菜、それとも鉱物？」

「いいぞ」リカルドの声音には驚きと賞賛の気持ちが表われていた。「ユーモアがあれば絶対に負けることはない、ララ」

鍵が錠前に差し込まれた。

「忘れないようにするわ。たとえそれが……」扉が開くと同時にララは口を閉じた。エミリオ・フラード大尉がふたりの監視人を従えて独房に入ってきた。

「動物」リカルドがはっきりと言った。「一目瞭然だ」

ララは恐怖に喉が締め付けられているにもかかわらず、思わず笑いを漏らしていた。

「実におもしろい」フラードはふたりに目を向けて言った。「どうやら一日中お愉しみだったようだな」

「愉しませたくなかったのなら、盗み聞きなどしていないで参加すればよかったのに」リカルド・ラサロは両脚を伸ばして膝のところで組んだ。「もっとも、おまえがいるだけで、どんなパーティーも台無しになるだろうがね」

「子どもじみたゲームをさせるために、この女を連れてきたわけじゃない」フラードの声は抑えようのない怒りに満ちていた。「まるで子ども同士が喧嘩《けんか》しているようにしか聞こえなかった」

「それは失礼」リカルドは肩をすくめた。「たぶん、ぼくは彼女を子どもだと思ってるんだろう。ちょっと待ってみたらどうだい？　ぼくが考えを変えるかどうか」

「待つ？」フラードは二歩で独房のなかを横切り、ララの手首をつかんだ。「私は待つのが嫌いだ」彼はララを引っ張り上げて、立たせた。「昨夜のシャワー室では、子どもだとは思っていなかったはずだ。私の監視人たちには目がついているからな」

フラードがララの怯えた顔に視線を向けると、リカルドは身をこわばらせた。「おまえが怒っているのはぼくのほうだ。彼女じゃない。ララを放せ」

「いや、それはだめだ。きみには少しばかりショックを与える必要があるようだ。誰がここで主導権を握っているかわからせるためにね」彼はララを扉のほうに引っ張った。「私の監視人たちは、彼女が子どもだとは思ってないんだよ」

「やめろ！」リカルドは弾《はじ》かれたように立ち上がった。抑えた表情だったが、全身の筋肉が盛り上がり、いまにも飛びかかっていきそうだ。それから無理やり体から力をぬき、態度を変えた。「わかった、認めよう。確かに彼女は魅力的だ。それで満足か、フラード?」

「とんでもない。彼女は連れていく」

フラードに扉のほうに引っ張られると、ララは恐怖に凍りついた。泣いてはだめ。ララは強く自分に言い聞かせた。この筋書きはすべてリカルドを狙ったものだ。フラードが望んでいるのは、わたしが泣いてすがりついて、リカルドがさらに困難な立場に陥ることだ。

「すがりついて頼めばいいのか?」リカルドはかすれた声で言った。「いいだろう、やってやるよ。彼女は我々の戦争とは無関係だ。ララを傷つけるな、フラード」

「お願いです、とは言わないのか?」フラードは肩越しにちらりとリカルドに目をやると、あざけるように言った。

「お願いだ」リカルドは食いしばった歯をきしらせながら言った。

「それでは足りないな。きみにひとりの時間を与えてやろうと思う。女が一緒にいることがどんなにありがたいことか考えるんだな」

「彼女をどうするつもりだ?」

「ご想像にお任せするよ」フラードの目が悪意に満ちた喜びに輝いた。「きみは私を知っている。彼女をどうすると思う?」

「フラード、このくそったれ。やめろ……」

監獄の扉が音をたてて閉まり、くってかかるリカルドの声を遮った。フラードは独房棟の扉に向かってララを追いたてた。

フラード大尉がララを連れて戻ってきたときには、ゆうに三時間が経過していた。落日の最後の陽光が独房に差し込んでいた。リカルド・ラサロは急いでララの顔に視線を向けた。フラードはララに口を開く間も与えず、彼女を独房の反対側にいるリカルド・ラサロのほうに押しやった。「彼女がいなくて寂しかったか、ラサロ?」

リカルドの視線はいっときもララの顔から離れなかった。「やつらに何をされたんだ?」

「さてさて、彼女がひどい扱いを受けたように見えるかな?」フラードはララをリカルドの前の石の床にひざまずかせた。「それどころか、実に魅力的にしてやったと思うがね」彼はララのやわらかな金色の髪に触れた。「シャワーを浴びて、香水もつけた。髪は艶が出るまでブラシまでかけてやった。アメリカの最高級サロンでも、これほどのプライベート・エステは受けられないだろう。これもすべてきみのためだ、ラサロ」

「きみがされたのはそれだけか?」リカルドはララの表情をさぐった。「答えるんだ、ララ」

ララはうなずいた。「もうたくさん」震えが彼女の体を駆け抜けた。「あの人たちの手が触れてきて。いやでたまらなかった」

フラードはゆっくりとララのガウンの前ボタンを外しはじめた。「感謝の念というものをまったく知らない女だ。私がどんなに甘やかしてやったか、彼女にはわかってないんじゃないかな、ラサロ？」ガウンの折り返し部分を押し開き、ララの胸の谷間をあらわにする。

「だが、きみにはわかっているはずだ。もっとひどいことになっていたかもしれないことが」

穏やかな声で続ける。「きれいな胸をしているじゃないか？　触れたいと思わないか？」

「いや」

「触れたいくせに」フラードは笑みを浮かべた。「きみが触れないのなら、私がやろう。私が彼女を愛撫するのが見たいか？」

「いつか殺してやるからな、フラード」

「気の短い男だ」フラードの笑みが消えた。「彼女にさわれ、ラサロ」

リカルドは身じろぎもせず、ララを見下ろしていた。

フラードの声が鞭《むち》のように独房に鳴り響いた。「さわれ。愛撫しろ」

リカルドはララの前に膝をついた。「すまない」ささやくように言う。「ほんとうにすまない」

「わかってる」ララの目に涙が光っていた。「大丈夫よ」

リカルドはララと視線を合わせながら、ゆっくりと両手をガウンの隙間に滑り込ませ、乳房をやさしく包み込んだ。

リカルドのあたたかく硬い手のひらが触れると、ララは目を閉じて震える息を吸い込んだ。汚されるような気がすると思っていたのに、彼の触れ方は荒々しくも淫《みだ》らでもなく、限りないやさしさがあるだけだった。

「彼女が気に入ったようだな」フラードは満足げに言った。「思ったとおりだ」

「黙れ、フラード」リカルドの声はくぐもっていた。「望みどおりにしているだろうが」

「そうでもない。髪を垂らしてひざまずいているところは、まるで淫らな天使じゃないか。彼女をベッドに連れ込まないでいられる男がいるかな？　最高の女性に仕立て上げたと思っているんだが」

「出ていけ。彼女にかまうな。もう充分つらい思いをさせただろう？」

「すぐにふたりきりにしてやる。彼女はいい匂いがしないか？」

「ああ」リカルドはかすれた声で言った。

「実にかわいらしい胸をしてるじゃないか。手で触れた感じはどうだね？」

リカルドは答えなかった。

「答える必要はない。見ればわかる。この五カ月間が応えているようだな、ラサロ」ララの耳に、フラードが独房を横切る足音が聞こえた。「そろそろふたりきりにしてやろう。せいぜい愉しんでくれ」フラードは扉のところで立ち止まった。「今夜こそ彼女を堪能《たんのう》するんだ、ラサロ。どうも私の望むほどすみやかには運んでいない。午前零時まで待ってやる。それなりの精力と熱意をもって事に及ばないなら、彼女を監視人の営舎に連れていく」

フラードの背後で扉が閉まると、ララは目を開けた。リカルドのオリーブ色の顔が見たこともないほど青ざめ、口の両端には緊張のしわが刻まれている。

「ほんとうに大丈夫なのか？」リカルドはかすれた声で訊いた。

ララはぎこちなくうなずいた。「気持ちのいいものじゃなかったけれど、たぶんフラードの言うことは正しいんだわ。わたしは運がいいと思うべきなのね」ララはいまもまだ乳房を包み込んでいるリカルドの手を見下ろした。やわらかな白い肌と、彼の硬い日に焼けた肌のコントラストに、ぞくぞくするような衝撃が体を駆けぬけた。思わず彼の手のひらに反応して胸の頂が硬くなるのを感じると、頬に興奮の色が立ちのぼった。

リカルドはララの視線を追って、魅了されたように一瞬目をとめた。それから苦しそうに深く息を吸い込み、ガウンの下からゆっくりと両手を引き抜いた。

彼のぬくもりが去ると、胸が肌寒く感じられた。ララは急いで言った。「ありがとう。わたしを連れていかせないようにしてくれて。あんな男に懇願《こんがん》するなんて、たやすいことじゃなかったはずよ」

「プライドなんてどうでもいいんだ。こんなときに……」リカルドは言葉を切り、ガウンのボタンをかけはじめた。「きみを連れていかせないためなら、どんなことだってしただろう」

指が震えていた。ララは彼の顔を心配そうに見た。「ほんとうに大丈夫。心配しなくてもいいのよ」

「心配？」声が震えていた。リカルドは手を伸ばしてララの頬を包み込んだ。「きみが何をされているかと思いながら、どうすることもできずに待っているのがどんな気持ちだったかわかるかい？」

ララは心配そうに壁の盗聴器に目をやった。「気をつけて。いまこの瞬間にもフラードは部屋に戻っているかもしれないわ」

「まだ一分か二分はある。なあ、わからないか？　いまさらどうしようもないんだ、くそっ」リカルドはとげを含んだ笑い声を上げげた。「ぼくらはやつの手中にある」

ララはうなずいた。「わかってるわ」

「それなのに、求めているものが手に入るという喜びのほうがずっと大きいんだ」彼の声は苦痛の色を帯びていた。「そんなふうに思うなんて、いったいぼくはどんな男なんだ？」

「思いやりのある人よ」ララは落ち着いた口調を保とうとした。「いいの、リカルド。ここに来たときから、こうなることはわかっていたんだから」

「ほんとうに？」リカルドの顔は苦渋に満ちていた。彼は身を屈《かが》めてララの髪にささやくように言った。「明日の朝まではフラードを引き止めておかなければ。セックスはやつにとってなんの意味もない。ほかの人間にとっては意味があるということが、やつには信じがたいんだ。きみともっと親密になるまで、やつはぼくたちに何日か猶予《ゆうよ》を与えるべきなのに……」リカルドはララの顔に落ちた髪を後ろになでつけた。「だが、やつはやさしさの表われとみれば必ずそれにつけ込んでくる。だからとても注意深くする必要があるんだ。わかるね？」

「わかっているわ」でもリカルドにはわかっていない。不安に身を震わせながらララは思った。そのときになったら、彼はどんな反応を示すかしら？　膝を折って座ったままリカルドを見上げる。「そうね、あまり選択肢はないように思えるわね？」

リカルドはゆっくりと首を横に振った。「フラードははったりをかけているわけじゃない。この三時間で、ぼくにはもうチャンスがないことを思い知らせたんだ」

ララはリカルドのシャツの真んなかのボタンに視線を落とした。「つまり、彼の望みどおりにしなければならないということね」

リカルドは小声で悪態をついた。

ララの頬が赤く染まった。「あなたにできるのなら。女性と愛を交わすことを強《し》いられるのは、この上なく興ざめなことに違いないもの」

「いや、できるよ」リカルドは小さく笑った。「嘘じゃない、できる。ぼくはとても熱くなっていて、フラードの前できみを抱くことだってできた。あのろくでなしにはそれがわかっていたんだ」

それはララにもわかっていた。目を閉じていても、リカルドが乳房を愛撫したときの彼の渇望と欲望を感じとっていた。

彼の欲望と自分の欲望を。

「それなら、あなたにとっては簡単なことでしょう」

「でも、きみにとっては簡単なことじゃない」リカルドは厳しい口調で遮った。「くそっ、きみはバージンだ。もしきみを傷つけてしまったら?」

ララは神経質な笑みを浮かべた。「あなたにフラードの監視人たちより傷つけられるとは思わないわ」

「やむにやまれぬ選択だ」リカルドはつぶやくように言った。「くそっ、こんなことがきみにあってはならない。何もしてやれないなんて……」

ララは彼が求めていることがわかると同時に、その苦悩を感じることができた。そして彼の苦悩を取り除いてやりたいという抑えがたい欲求を感じた。「自分を苦しめるのはやめて」軽い口調で言った。「何もわたしの人生を破滅させようとしているわけじゃないのよ。バージンでいることなんて、いまの時代ではなんの価値もないことだわ。わたしは忙しすぎて捨てる暇がなかっただけ」

「男にはなんの価値もない。その男が……」リカルドは言葉を切って深く息を吸った。「きみが簡単に乗り越えられるようにするよ」

ララは彼の顔を見上げた。「いま?」

彼は首を横に振った。「急ぐことはない。真夜中までにはまだ時間があるし、やつの意のままにはなりたくない。フラードに屈しないですむ方法を探すんだ」不意に彼の顔に笑みが浮かんだ。「約束してくれ。盗聴器のことも、フラードのことも、ぼくたちがどこにいるかも忘れてほしい」

ララは戸惑いながら彼を見た。「どうすればそんなことができるの？」

「集中すればいい。さっきゲームをしているときは、ずっとすべてを忘れていたじゃないか」微笑が次第に消え、リカルドはじっとララと視線を合わせた。「これを恐ろしい思い出にしてほしくないんだ」彼は声を落とした。「ぼくのためにやってくれるかい、お願いだ《ポル・ファボール》」

ララはリカルドから目を離せなかった。彼は彼女がこの独房に足を踏み入れてからずっと知っていた、穏やかで自制心をもった男とはまるで違っていた。注意深く覆い隠されていた輝きが放たれたかのようだった。この人は真のカリスマ性をもち、何十万もの信奉者を率いる男なのだ。ララは彼の意志力の磁場に囲まれ、包み込まれているような気がした。「どうしてほしいの？」

「想像するんだ」

鉄格子から差し込む最後の光が、独房のなかを赤みがかった金色に染めた。光の届くところでは殺風景で寒々とした雰囲気がやわらいでいたが、そのほかの部分は陰になったまま取り残されていた。リカルドの顔も光と陰で対照をなしていた。高い頬骨は陰になってくぼんでいたが、美しい形の唇ときらめく黒い瞳はさらに穏やかでやさしくなっていた。ああ、彼は美しい。「どんな想像？」

「ぼくはきみの恋人だと」リカルドは手を伸ばしてララの顔からやさしく髪をかきあげた。「戦争もない、革命もない。問題といえば、愛娘《まなむすめ》を若い男に奪われないように守ろうとする癇癪《かんしゃく》もちの父親がいるだけ。そんな世界だと」彼は身を屈めてララの鼻の先に唇で軽く触れた。「ベッドに座って。愛しい人《ケリーダ》」

ララは立ち上がって、夢心地で簡易ベッドのほうに歩いていった。金色のかすみは独房の隅の陰になった部分までは届かなかったので、リカルドには自分がぼんやりとしか見えないことはわかっていた。ベッドの上で膝をつき、ララは光の輪のなかでひざまずいているリカルドを振り返って見た。「そして、あなたは怒りっぽい父親からわたしを奪ったのね?」

リカルドはうなずいた。「きみを見た瞬間に、手に入れなくてはならないことがわかったんだ。きみの父親はぼくと同じように隣に農場を持っていて、ぼくは毎日きみがパロミノ種の雌馬に乗っているのを、きみの金色の髪が日に輝いているのを見ていた。先週もずっと、背の高いスタッコ塗りの壁に囲まれた赤い屋根瓦の家から、きみが馬に乗って出てくるのを見ていたんだ。ぼくの土地に接している湖のそばを、きみが馬をギャロップで走らせるのを一目でいいから見ようとして」彼は声を落とした。「礼儀正しくきみに求愛すべきなのはわかっていた。でも今日の午後、湖のそばできみが馬を止めてぼくを見た。そしてぼくはすべて忘れてしまった。きみも同じだったよね」

「ええ」ララはささやくように言った。「いままでそんな気持ちになったことはなかったわ」

「どんな気持ちになったんだい?」

ララは答えなかった。

「教えてくれ。なりきるんだ。想像して……」

ララは不意にこの空想の世界に入り込んでしまうのが怖くなっていた。独房にいるという現実よりほんとうのことのように思えてきた。それでもリカルドの真の魅力に引き込まれ、ためらいつつもおずおずと答えた。「あなたは、いままで存在することすら知らなかったわたしの一部みたいに思える」

「だったら、きみの使用人に賄賂《わいろ》をやって、今夜きみの寝室にもぐりこんだのは間違いじゃなかったんだね」

「わたしたちがいるのはそこ?」

「きみもぼくと同じように恋に落ちたんだ」やさしくたしなめるような声だった。「きみの父上が、求愛者たちを締め出すために窓に取り付けた飾り格子が見えないかい? ぼくがひざまずいている深い緑色と象牙《ぞうげ》色のオービュッソン織りのカーペットは?」

もう少しで見えるわ。ララはうっとりとして思った。「でも、なぜあなたは床にひざまずいているの?」

「求愛者が大切な人の足もと以外にひざまずく場所があるかい?」声の調子が低くなった。

「それに、まだきみに触れようとは思っていない」

「なぜ？」

「ぼくがきみを求めているのと同じぐらい、きみがぼくを求めていることを確かめなくては」リカルドはシャツのボタンを外しはじめた。「きみにはまだ情熱がどんなものなのかわかっていない。だからぼくはきみを傷つけないように気をつけなければならないんだ」

「でも、あなたは父の屋敷に忍び込んでわたしの純潔を奪うんでしょう？」

「ロミオとジュリエットのようにね。きみの父上は、彼の品のいい娘にはぼくは奔放《ほんぽう》すぎると思っているんだ」

「あなたが？」

リカルドはシャツを脱いだ。力強い両肩が、薄明かりのなかで金色に輝いた。「そう」

ララは鋭く息を吸って彼を見た。つやつやした黒髪が両肩に流れるように垂れ、筋肉は力強くぴんと張り詰めてたくましかった。奔放で、思うようにならない男、これまで知り合った控えめな男たちとはまったく違っていた。「それなら、どうしてあなたに誘惑されなきゃいけないの？」

リカルドは立ち上がり、ズボンのボタンを外しはじめた。「なぜなら、父上が思っているほどには、そしてきみが自分で思っているほどには、きみはお上品な娘じゃないからだ」

「自分のことはわかってるわ」

リカルドはすばやく服を脱いだ。「それなら、なぜきみの前で服を脱いでも驚かないいんだ？」彼はララに顔を向けた。彼の裸の体は流れ込む光を浴びて、金色のオーラに包まれていた。「ぼくは魅力的かな、ララ？」

「ええ」ララは喉のかたまりを取り除こうと咳払いをした。薄い布のガウンの下で胸が膨らみ、愛撫されたときの彼の硬い手のひらの感触を思い出した。

「ぼくがどうやってきみを満たしてあげられるか知りたいかい？」光の輪のなかで彼はじっと立っていた。「でも、きみにはわかっていた。今日の午後にきみは知ったんだ。高く茂った草のなかできみを馬から下ろして、飢えた動物のようにきみを愛撫したときに。きみが喉の奥でたてていた、あの低くせつない音がいまも聞こえる」

「そんなこと、したかしら」

「それなら思い出させてあげないと」彼は前に進んでララの前に立った。「きみはずっと言い続けていた。『リカルド、愛しい人《ケリーダ》。愛しているわ』と。きみはぼくの前で弓なりになって、ぼくたちはお互いに両手を絡《から》ませていた。そのときその場できみを奪いたかった」

ララは腹部の筋肉がどうしようもなく締め付けられるのを感じた。脚のあいだが潤《うるお》って燃えるようだった。「なぜそうしなかったの？」

リカルドの指先が頬に触れると、そのやさしい手触りに焦《こ》がされるような気がした。「きみはぼくの大切な人だから。娼婦とは違う。きみの部屋にはサテンのシーツがあって、ライラックとラベンダーの香りがしている。きみをぼくの家に連れていこうとしたけれど、きみは父親が何かするんじゃないかと思って怯えていた。それでぼくのほうからきみのところにやって来たんだ」彼の手が下りてきて、ララの首を包み込んだ。「ずっと来ようと思っていたから」

ララは心を奪われたかのように彼を見上げた。ああ、なんてこと。確かにライラックとラベンダーの香りがする。ララは呆然としながら思った。この人は恋人、わたしが忘れられない夜を過ごせるように、あらゆる危険を冒してきたんだわ。ララはささやくように訊いた。

「なぜ?」

「ぼくたちはひとつになる運命だったから」彼の手がガウンの隙間から滑り込んできた。さっきと同じように震えていた。「きみはぼくのものだ」彼の親指の爪が胸の頂をかすめ、ララの体に炎がひとすじ駆け抜けた。「そして、ぼくはきみのものだ」

リカルドは手を引き抜いて下におろすと、ララにそっとやさしく長いキスをした。「ガウンを脱いで、ララ。恋人同士で壁を作ってはいけないだろう?」

「そうね」ララが夢見るようにぼんやりしたまま膝をつくと、リカルドが彼女の頭からガウンを脱がせて床に落とした。日の光が徐々に消え、影が溶け合って暗闇がおとずれていた。リカルドはララをそっとベッドに押しつけ、彼女の上に覆いかぶさると、脚を開かせてあたたかい手で密やかな場所を包み、体を傾けてまたキスをした。

リカルドの舌がララの口に入り込み、彼の手が愛撫しはじめた。官能的な侵略を試みながら探っている。

ララは喉の奥深くでうめき声を上げた。彼女はいま彼に初めて触れられた高く茂った草のなかにいた。

リカルドは顔を上げてララにほほえんだ。「そう、これがぼくの奔放な愛だよ」彼の指が深く差し込まれ、ララは声を上げて彼に向かって弓なりに体を反《そ》らせた。リカルドの息が荒くなっていく。「ぼくを求めて、ララ」

ララは彼を求めていた。燃えているような気がした。彼がやさしくなでまわしているあいだも、歯を下唇に食い込ませて喉からこみ上げてくる叫び声を押さえようとした。まるでダムが決壊し、彼女のなかのすべてが熱い奔流となって、彼に向かってあふれ出ているようだった。「リカルド、こんな……」ララが言葉を切ってあえぐと、彼が覆いかぶさってきた。

「いいわ、いいわよ」

「もう?」リカルドはささやくように言った。「きみを傷つけてしまうかもしれない、愛《ケリーダ》しい人。きみの父上の言うとおりだ。ぼくはきみには奔放すぎる」

「いいえ、そんなことないわ」ララは彼が離れてしまうのではないかと、両手で彼の肩をつかんだ。「あなたが必要なの、リカルド」

「ほんとうに?」リカルドはゆっくりと頭を下げ、ララの唇からほんのひと息分のところに唇をさまよわせた。「それなら、ぼくを受け入れてくれ、ララ」

リカルドが深く入り込むと、ララは唇をふさがれたままくぐもった叫び声を上げた。彼はララのなかで動きを止め、唇を彼女の唇に押しつけたまま、彼女が彼になじめるよう待った。その感覚はとても言葉にはできなかった。充足感、興奮、渇き。

リカルドは顔を上げてララを見下ろした。荒い息をするたびに胸が上下し、その表情は歓喜のあまり歪んでいた。「痛い思いをさせているなら、やめるように言ってくれなきゃだめだよ。ひとりではできないから」

ララは首を振った。どうしても唇から言葉が出てこなかった。

リカルドが深く息を吸い込むと、ララは体のなかでそれを感じた。すると彼が動き、入り込み、さっき言っていた奔放さを解き放すように強く突いた。ララは嵐のような奔放さを喜んで受け入れた。彼の両手がヒップの下に滑り込み、強く突いて彼女を持ち上げるたびに、ララはシーツの上で頭を前後に激しく打ちつけた。

うめき声を上げ、すすり泣いているのがわかっていたが、ララは止めることができなかった。彼の生み出す、燃えるようなリズムに応えるだけで精いっぱいだった。魅了され、奪われ、支配され、それでもまだ与えられたかった。

「さあ、愛しい人《ケリーダ》」と彼はララの口もとでささやいた。「いくよ」

ララが目を閉じると、リズムが激しさを増した。高く茂ったかぐわしい草、サテンのシーツ、ライラックとラベンダー、愛しい人が暗闇のなかをやって来る。

愛しい人……。

緊張がやわらいだと思った瞬間、ララは飛び上がりそうになった。あまりの快感に粉々になって百万ものかけらに砕け散ったような気がした。

「リカルド！」

リカルドはかすれたうめき声を上げた。激しく痙攣《けいれん》し、何度も体に震えが駆け抜けた。リカルドはララの上に崩れ落ちた。心臓が早鐘のように打ち、あえいでいた。

ララが震えているリカルドを無意識のうちに母親のように両腕で包み込むと、彼は彼女の肩に顔を埋めた。

わたしの愛しい人……。

「大丈夫」ララはつぶやくように言った。「大丈夫よ、もう」

「ほんとうに？」彼のくぐもった声は、かすかに絶望の色を帯びていた。「それならなぜきみを喜ばせられない？　ぼくはこのままでいたい。そして……」リカルドは容赦のない渇きを覚えてララのなかで動いた。「ああ、なんということだ。ぼくはここでこうしていたい。きみを見た瞬間から、これを望んでいたんだ」

「わたしがパロミノ種の雌馬に乗っていたときから」ララは夢見るように言った。いいえ、違うわ。それはリカルドがわたしのために描いた美しい空想よ。ララはかすれた声で笑った。

「わたしが空想をほとんど信じ込んでいたのがわかる？」

「ぼくもそうだよ」リカルドの手がララのこめかみの髪を後ろになでつけた。「よかったかい、愛しい人《ケリーダ》？」

「ええ。それ以上よ。すてきだったわ」

リカルドは身を屈めた。「それなら、もっと教えてあげてもいいかい？」ララの肩にキスをする。「ぼくはもっときみがほしいと思ってる。きみにもそう思わせてあげるよ、約束する」

ララは自分が再び彼を求めていることに気づいて驚いた。たぶん、わたしも彼が言ったように奔放なのかもしれない。いいえ、あれは空想のなかの女よ――澄んだ青い湖と、そよ風に揺れる背の高い草の茂る農場に建つ、赤い屋根瓦の家に住む女。

でもこの瞬間、体中をめぐるひりひりするような熱さは空想ではない。ララはリカルドの肩にまわした両腕に力を込めると、両脚で彼の腰を包み込んだ。「きて」ささやくように言った。「教えて」

フラードと監視人たちがやって来たのは真夜中だった。ララはかろうじてガウンを着る時間を与えられ、監視人たちに扉のほうに押しやられた。

リカルドは簡易ベッドから飛び起きた。「くそっ、フラード。おまえは言ったはず……」

「落ち着け、ラサロ」フラードが遮った。「彼女が傷つけられることはない……いまはまだ。

きみたちのささやかな猿芝居はかなり楽しめた。非常に満足している。しかしながら、きみを後に引けない段階まで追い詰めるには、あと数日はかかるだろう。その女と私の利益のため、きみたちが芝居をしていたわけじゃないことを確かめる必要がある。彼女を調べなければならない」

「冗談じゃない。彼女をそんな目にあわせる必要はない。彼女は……」

扉が閉まり、リカルドの言葉を遮った。彼はひとり独房にとり残された。

考えただけで苦いものが喉までせり上がってきた。ララがひとり怯えながら、あの脂ぎった豚どもに触れられると思うと耐えられなかった。

誰かを殺してやりたい。

窓のところに行くと、ララがふたりの監視人にはさまれ、中庭を歩いて診療所に向かっているのが見えた。

激しい苦悩が全身を駆け抜けた。目に刺すような痛みを感じると、熱い涙が浮かんでいた。

独房の扉が閉じたとたん、ララはリカルドに向かって走っていった。

「帰りたい」リカルドの腕に抱かれると、ララの頰を涙が流れ落ちた。「リカルド……」

リカルドはララをしっかりと抱きしめた。「ああ、冷え切っているじゃないか」

「寒い。二度とあたたまらないような気がする。金属製の台があったの。裸電球が焼けつくようで」言葉が立て続けにこぼれ出て、ララは両腕でリカルドを強く抱きしめた。「身の毛がよだった。前よりもずっと」

「しーっ、わかってる」

「何もかもがひどかった。息をするたびに、汚らしいものを吸い込んでいるような気がしたわ。帰りたい」

リカルドは、ララが幼い子どもであるかのように抱き上げると、簡易ベッドのほうに運んだ。ララは悪寒を感じているかのように震えていた。「アメリカに？」

「違うわ」ララは目を閉じ、体をすり寄せた。「どうしてそんなところに？　帰りたいのは農場の家よ」

リカルドは途中で足を止めるとララを見下ろした。ララはほとんどショック状態だった。あんな目にあったのだから、誰も彼女を責められない。「帰るわけにはは——」リカルドは口をつぐんだ。彼女は一日でもう充分に醜い現実と向きあった。ちょっとした空想の世界が害になることはないだろう。リカルドは簡易ベッドに座り、膝の上にララを抱いて前後に揺すった。「ぼくたちは家に帰ったんだよ、ララ」

ララは気持ちが軽くなるのを、彼の腕のなかで自分が女であることを感じた。その瞬間、リカルドは脚の付け根にあの衝動が湧き起こるのを感じた。だめだ、いまはまだ。ララがいま、一番求めていないのはセックスだ。彼女はここの兵士たちから逃れたいだけだ。自分が安全で自由だと思いたいのだ。

「湖のそばで高く茂った草」ララはリカルドに思い出させるようにつぶやいた。

「ぼくたちは糸杉に馬をつないだところだ」リカルドはララの髪をやさしくなでつけた。

「今日はきみがピクニック・バスケットを持ってきた。きみは笑いながらぼくを叱ってる。赤いチェックのテーブルクロスをアリ塚の上に広げないでって。湖にはスイレンが浮いていて、ぼくが飼っているラブラドールがリスを追いかけて岸を走り回っている」

「ラブラドールのことは覚えてるわ。名前を教えてもらってないけれど」

「ハイメ」リカルドはララのこめかみに唇を押しつけた。自分のなかにやさしい気持ちが湧き起こってくるのがわかった。「名前はハイメ、きみのことが大好きだ」

「ほんとう?」ララがさらにすり寄ってきた。そして一瞬口を閉ざすと、またささやくように言った。「わたしのこと、どうかしてると思ってるのね。でも現実じゃないってわかってるわ、リカルド。ただしばらくのあいだは現実だと思いたいの。そう思うことが必要なのよ」

「これは現実だ。すべてほんとうのことだよ。目を閉じたらそれがわかる」リカルドの手のひらがララのまぶたの上を通り過ぎて目を閉じさせた。「太陽がきみの顔に当たって、きみはうとうとしてくる。地面に毛布を広げて、きみがうたた寝できるようにしてあげよう。それから、ぼくたちは家に帰る」

「わたしを連れ帰ったら、父につかまるわ」

「大丈夫、忘れてしまった？　ぼくらの家だ。もうぼくらは結婚しているんだよ。二週間前に村の教会で。きみはぼくのものだ」

ララはゆっくりと安らいだ気持ちでまぶたを開き、目の前のリカルドの顔を見た。彼がほほえんだ。「おはよう」

「おはよう」

日の光が監獄に差し込み、鮮やかに輝くリカルドの黒髪を染めていた。不思議ね。彼を見ると、こんなにも満ち足りた気持ちになるなんて。これまでに何度も、こんなふうに共に目覚めたことがあるみたいに。「いま、何時？」

リカルドは鉄格子から差し込む日差しに目をやった。「八時近くだろう」

八時。昨日の夜に受けたショックで、こんな時間まで眠れるとは思っていなかった。あまり時間がないわ。

ララは急いで身を起こすと、床に足をつけた。不安な気持ちで髪をかきあげた。ああ、なんてこと。わたし、怯えている。もしうまくいかなかったら？

「どうかした？」リカルドは目を細めてララの顔を見た。

「どうかしたかですって？」ララは穏やかに答えた。「あなたに愛されているというのに」

リカルドは壁の盗聴器にすばやく目をやった。「振りをしただけだ、ララ」

「違うわ」せっぱつまった口調でララは言った。「あなたがわたしを愛しているのはわかってる。昨夜は何度わたしにそうささやいたかしら？」

「ララ、いったいどういう意味なんだ？」

「愛しているなら、わたしがあの人たちに痛めつけられるのを黙って見ていられないでしょ」彼女の声はヒステリックに大きくなった。「知っていることをあの人たちに話すべきだわ。二度と手出しをさせないで。わたしはまったく悪くないのよ」

顔が青ざめたかと思うと、リカルドは背筋を伸ばして座りなおした。「昨日の夜は子どもをあやす程度のことしか言ってない」

「嘘よ」声がうわずっていた。「どうして嘘をつくの？　わたしを愛してるって、いつまでも愛してるって、これはふたりだけの秘密だって言ったじゃない。あの人たちに傷つけられるのはいや。彼らに話して」

リカルドは絶望的な気分でもう一度、盗聴器に目をやった。「嘘じゃない。きみは抱き心地がよかったし、ぼくには女が必要だった。きみはぼくにとってなんの意味もないんだ。なんの意味もない」

「リカルド」彼女は声を震わせようとした。しかし、それほど努力は必要なかった。まるで寒くてたまらないかのように体が震えている。「あなたを怒らせちゃったのね。お願いだから怒らないで。あの人たちが知りたがってることを話してくれれば、わたしは釈放されるのよ」

リカルドは弾かれたように立ち上がると、大股で窓辺に向かい、中庭を見た。彼は低い声で悪態をついた。「フラードがこっちに向かってる。くそっ、あいつが来るんだ。きみはいったい何をしたんだ?」

ララは簡易ベッドに腰を下ろし、恐怖を鎮めようとした。作戦はすでに動きだし、後悔するには遅すぎた。「やらなくてはならないことをしたのよ」

リカルドは急いで独房の端まで行くと、盗聴器を床に投げつけ、踏みつぶしてからララに顔を向けた。「まったく、こんなことをしてどんな意味があるって言うんだ?」

彼女はリカルドの視線を受けとめると静かに答えた。「負けたくなかったし、勝つにはこれしか方法がなかったの。あなたの言うとおりだった。パコ・レナルトはこの独房からあなたを救出できなかったけど、取調室はフラードのオフィスに隣接してる。あなたをそこまで連れていければ、屋根から機銃掃射される危険にさらされずに逃げられる。それしか方法がないと言ってたわ」

信じられない思いでリカルドは彼女を見つめた。「なんてことだ、あいつらがきみに何をするつもりかわかってるのか?」

「そんなことをする時間はないわ。レナルトがそろそろ来るはずだもの」

「くそっ、どうしてぼくに計画を話さなかった?」

「あなたが反対するだろうってパコ・レナルトが……」

独房の鍵が解かれ、扉が勢いよく開かれた。

ララは急いで目を閉じ、低く、弱々しい声でめそめそ泣きはじめた。

「彼女はきみ向きじゃなかったな、ラサロ」エミリオ・フラード大尉は吐き捨てるように言った。「この女は弱すぎる。見てみろ、うめいたり、ヒステリーを起こしたり。だから、私たちだって触れさえしなかったんだ」

「おまえは正しいよ」リカルドはすぐに言った。「ぼくにとって彼女はなんの意味もない、まったく価値がないんだ」

「そのようだな」とフラードは言った。「だが、きみが無力なものに弱いということはよくわかってるんだ。この女のことも少しは気にかけるかもしれない。反応を引き出せるかどうか見てみようじゃないか」彼は部屋を横切るとララの髪をつかみ、顔をぐいと上に向かせた。

「いいかげん泣くのはやめろ。いらいらする」

彼女は目を開け、フラードの丸く、少年っぽさの残る顔を見上げた。「お願いだから、乱暴しないで。リカルド、二度とこの人たちにわたしをさわらせないで」

「意気地なしめ」フラードは不快そうに唇を歪めると、彼女の髪を離し、背を向けて大股で独房から出ていった。「ふたりとも連れてこい。まずは鞭を試してみることにする」

ララはちらりとリカルドを見た。

彼はララを見てはいなかった。冷酷な表情を浮かべたまま、看守たちに背を押され、扉のほうに歩かされていた。


鞭がララの背中を打ち、コットンの薄いガウンを引き裂いた。

背が弓なりに反り、手首にはめられた革手錠に引っ張られてやっと立っている。これで五回目、六回目かしら？

「どうだ、ラサロ？」

リカルド・ラサロの声にはなんの感情もこもっていなかった。「好きなようにすればいい。ぼくにとってはなんの意味もない女だ」

もう一度、鞭が振りおろされた。さっきよりも強く。

パコ・レナルトはどこ？

また鞭が飛んできた。

「彼女はなんの意味もない」

彼は何度この台詞《せりふ》を言ったのかしら？　鞭で激しく打たれるたびに、その言葉が背に焼きつけられるような気がする。

もう何も見えなかった。涙が頬を流れ、部屋にあるすべてがぼやけて見える。

「いいかげんにしたらどうだ？　どうして話さなくちゃいけないんだ？　彼女はぼくを何時間か悦《よろこ》ばせただけの女だ」

もう一度、鞭が飛んだ。

だんだん、何も感じなくなってきた。じきにまったく痛みを感じなくなるはず。

部屋が暗くなりはじめた。

機関銃の射撃音……

叫び声。

ほんとうに聞こえているのかしら、それとも幻聴？

エミリオ・フラード大尉が大声で命令している。

誰かが革手錠を外している。

そんなことしちゃだめなのに、と彼女はぼんやりと思った。ひとりで立っていられないってことがわからないのかしら？

脚ががくがくし、床に膝をついた。

「ララ……」

リカルド・ラサロの声だわ、でもハスキーで、変な声。

頭を上げて、彼の顔を見ようとする。

それだけのことがなんて難しいのかしら。なんだか首に違和感がある。動かそうとするとポキッと折れてしまいそうだわ。まるで、か弱い茎《くき》になったみたい。

どうでもいいわ。彼のことはもう見えないかも。すべてがどんどん暗くなっていく。

やがて彼女は暗闇に包まれ、前に倒れた。

4

鍾乳石。

まるで大きくて先の尖ったつららのように、ベージュ、桃色、クリーム色の鍾乳石が高い天井から彼女の上にぶら下がっている。

「こんなところで目を覚ましたら、かなりショックを受けますよね。あなたはいま、鍾乳洞にいるんです」

ララは視線をさまよわせ、パコ・レナルトの顔を見つけた。彼女は板石に置かれたパレットに横になっていて、レナルトは近くの床にあぐらをかいて座っているのがわかった。

「鍾乳洞？」驚いてあたりを見まわした。まるで小さい部屋だった。ただし、洞窟のなかに自然にできた空間を部屋と呼べればだが。ごつごつした壁に固定された三つのランタンの炎が明るく燃え、暗闇を追い払おうと果敢に挑んでいる。横になっている簡易ベッドのほかには家具もクッションもない。確か、鍾乳洞について覚えておくべきことがあったはずなんだけど……リカルドに身分を証明するために、刑務所でレナルトがくれた合言葉だわ！　突然、すべての記憶が奔流となって戻ってきた。リカルド、刑務所、彼女の背を打つ鞭。

「鍾乳洞はこのあたりの丘に繋《つな》がってるから、武器の隠し場所や作戦司令室として利用しているんです」パコは早口でそう言うと、気遣うように彼女を見つめていた目が急に暗くなった。「具合はいかがですか？」

「最低よ」と彼女はささやくように言った。「リカルドは？」

「無事です。彼があなたをここへ運んだんですよ」

「あなたは……来るのが遅かった」

「わかっています」顔をしかめると、いたずら好きの妖精のような表情はいっそうエルフィンのように見えた。「周辺にいた警備員を追い払って、金網の電流を切るのに思ったより時間がかかってしまったんです。申し訳ありませんでした、ララ」

彼女はなんとかほほえもうとした。「じゃあ、仕方なかったわね」

「あなたはリカルドより寛大ですね。彼は手がつけられないほど怒鳴り散らした。あなたはとても勇敢でしたよ、小さき人《ベケーニャ》」

彼女はかぶりを振った。「怖くて死ぬかと思った」

「でもリカルドが言っていました。フラードの手下が鞭を振るってるあいだ、あなたは一回も悲鳴をあげなかったって」

「どうしてそんなことをして喜ばせなくちゃいけないの？　彼はやめないってわかってたし、

悲鳴なんてあげたら、リカルドとわたしにとってもっとつらいものになってたわ」寝がえりを打つと、燃えるような痛みが背中を走り、身がすくんだ。「怪我はどのぐらいひどいのかしら？」

「傷跡が残ることはないでしょうけど、二、三日は痛みが続くと思います。鍾乳洞に着くとすぐに、リカルドが医師を連れてきて、背中の手当てをさせました」

「フラードは？」

「残念ながらまだ生きています」悔しそうに言う。「私たちが攻撃すると、あいつは取調室からこっそり逃げ出したんですが、時間がなくて探しだせなかった。やつらの援軍が到着する前に、あなたとリカルドを独房棟から安全な場所に逃がすのが先だと思ったから」

「わたしはいつになったら起きられるようになるの？」

「あなたの気分がよくなったらすぐに」

ララは片肘をてこにして慎重に体を起こした。一瞬にして熱い痛みが背筋を駆け抜け、頭がふらふらしはじめた。「やっぱり……もう少し待ったほうがいいみたい」

「そのほうがいいと思います」パコはそばに置いてあったブリキのカップを手に取った。

「これを飲んで」

彼女はカップを受けとると、なかに入っている乳白色の液体を疑わしそうに見た。「これは何？」

「ただの睡眠薬です。すぐに効くし、目が覚めたときにはずっと気分がよくなってるはずですよ」

「飲んでみるわ」カップを持ちあげ、飲み干した。かすかにフルーツの香りがして、まずくはなかった。カップを返すと、体を横たえてから注意深くうつぶせになった。「リカルドはどこにいるの？」

「作戦司令室で作戦を練っています」

ララは手で口もとを隠し、あくびをかみ殺した。「もう？」

「これが最後の軍事行動になるかもしれません。私たちはリカルドが率いてくれるのを、ひたすら待っていたんです」

また戦争が起こって、暴力がふるわれる。そしてリカルドはその中心にいる。みぞおちが冷たくなり、吐き気がした。彼にとって、輝かしい革命のための戦いはまだ終わってないの？　フラードに独房から連れ出されたときのリカルドの表情が突然、記憶の中でよみがえった。「彼はわたしのことを怒ってるかしら？」

「はい、私たちふたりに腹を立てています。こうなるってことは言っておいたでしょう？」パコは立ち上がると彼女を見下ろした。「でも、あなたはよくやってくれましたよ、ララ」

「ほんとう？」再び睡魔に襲われ、どうしても目を開けていられなくなった。「何もかも悪い夢みたいだった。自分がとても無力に思えて……」

しばらくしてララが目を覚ましたときにはひとりきりで、どれぐらい眠っていたのか見当もつかなかった。ごつごつした岩壁に取り付けられたランタンの炎はまだ明るく灯っていたが、あまりにも突然眠りに落ちてしまい、誰かが何度も燃料を足しに来ていたとしても、目を覚まさなかっただろう。

時間をかけて恐る恐る体を起こすと、ほっと息をついた。動くとまだ痛いが、少なくとも我慢はできる。彼女は毛布を横に置くと、立ち上がろうとした。

「待って、ぼくが手伝うよ」

八歳か九歳ぐらいだろうか。巻き毛の少年が、洞窟の反対側にあるアーチ形をした出入口に姿を見せたかと思うと駆けよってきた。前に見かけたほかの兵士たちが着ているのと同じ、緑色の軍服を着ていたが、小さな体にはぶかぶかだった。彼の腕を借り、自分の足で立つのを手伝ってもらうと、少年は心配そうに眉間《みけん》にしわを寄せた。「あんまり急に動いたらだめだよ。傷口が開いちゃうし、そんなことになったらぼくがリカルドに怒られる」

「あなたは誰？」

「マヌエル・デルゲーロです。あなたのお世話をするように言われました」

妙に真面目くさった話し方に彼女は知らず知らずほほえんでいた。「まあ、あなたが？」

彼はうなずいた。「これはとても名誉なことなんだ。いつかセント・ピエールの人たちは、彼を助けだすために刑務所まで行ったあなたがいかに勇敢だったか、キャンプファイアーを囲んで語りあうだろうってリカルドが言っていた」

ララは驚いて目をぱちくりさせた。「それはどうかしら」

マヌエルは思いきり顔をしかめた。「リカルドはそう言ってた」

どうやらこの少年にとって、リカルドの言ったことは絶対らしい。「ここで何をしてるの？」

「さっきも言ったけど、あなたのお世話をするんだ」

「そうじゃなくて、この鍾乳洞でっていう意味よ。ご両親はどこにいるの？」

「死んじゃった」声から抑揚がなくなった。「みんな死んじゃったんだ。政府軍に殺されて。リカルドがぼくを鍾乳洞に連れてきてくれた」

「ごめんなさい」

「ううん、ぼくは覚えてないから。まだ赤ちゃんだったし」

いまでもまだ赤ちゃんみたいなものなのに。ララは深く同情した。「それでこの鍾乳洞で暮らしてるの？」

彼はうなずいた。「しばらくは近くの村でマリアと暮らしてたけど、三年前にリカルドに頼まれたパコが迎えに来て、ここに連れてきてくれたんだ。マリアはいま、お医者さんの手伝いをしてるんだよ」誇らしげな声で言った。「そして、ぼくはリカルドを手伝っている。

彼のそばにはぼくが必要なんだって言われたからね」

ハーメルンの笛吹き男についていく子どもたち。ほろ苦い痛みを感じながら彼女は思った。

「でも、ここより村で暮らしたかったんじゃない？」

マヌエルは困惑した表情で見つめ返した。「ぼくは兵士だ。革命はぼくを必要としてる。リカルドはぼくを必要としてる」

「そう」ララにはわからなかった。ブレットのような若者の行き着く先が車椅子で、小さな子どもたちは兵士になるという世界が理解できなかった。「そうね、わたしもあなたを必要としてるわ。汚れてるし、いま着てるこのガウンはぼろぼろなの。お風呂に入れて、何か清潔な服に着替えられるところはある？」

マヌエルは張りきってうなずいた。「そのためにぼくはここにいるんだ。あなたを守って、必要なものがちゃんとそろっているかチェックするために」

ララは顔をしかめた。「まあ、少なくともリカルドはこの子に銃を持たせてはいないのね」

少年のほうに足を踏み出したとき、裸足《はだし》にごつごつとした石の冷たさを感じた。「靴。靴を探してきてくれる？」

「お任せください、セニョリータ」彼は仰々しく手を振った。「ご期待に応えてみせます」

マヌエルは期待に応えてくれた。連れていってくれた地下の泉は氷のように冷たかったが、ダイヤモンドのように澄んでいた。手伝ってもらって包帯を取ると、シャンプー、石鹸、タオル、バスタオルを渡され、いざ水浴びをするときになると、彼はさりげなく後ろを向いた。水から出てくると、緑色をした軍服のズボン、靴下二足、ブーツそしてシャツが用意されていて、そのどれもが染みひとつなく清潔だった。でも下着までは高望みのようね。ララは思った。小柄な彼女にはどの服もぶかぶかで、マヌエル同様、服が体にぶらさがっているといった感じだった。シャツの袖をまくりあげ、濃い灰色の靴下を履き、もう一足の靴下はコンバットブーツに詰めて足に合わせた。

「シャツは着ちゃだめだよ」振り返って彼女を見たマヌエルは、非難するように顔をしかめた。「リカルドが傷を見たいんだって」

「そんな必要はないわ。ちゃんと治ってきてるし」

「リカルドは見たいって言ってた」マヌエルの顎が頑固そうにこわばった。「呼びに行ってくるよ」

「そんなことを言ったなんて忘れてるかも」ララは軽い口調で言った。「戦争の指揮を取らなくちゃならないんだから」

「リカルドは忘れないよ」

「プレッシャーがかかると、誰でも忘れるものよ」

マヌエルは首を振った。「リカルドは違うんだ」くるりと踵を返し、後ろを向くと走っていった。

祭壇の前にひざまずく、新たな崇拝者ね。ララはうんざりしながら、濡れた髪を梳《と》かしはじめた。あの人はどんな手を使ったの？

答えを必要としているわけではなかった。リカルド・ラサロがどんなことをしたのかはよくわかっている。あのカリスマ性なら刑務所で経験済みだ。彼の性格と甘い言葉の持つ強い力で、恐怖と寂しさを消し去り、美と愛しか存在しない世界を作り上げた。力と雄弁さを兼ね備えた男なら、山はもちろん、人の心も動かせるだろう。

でも、リカルドが作ってくれた世界はどこにも存在しない。一緒に過ごしたあの時間は蜃《しん》気楼《きろう》、束の間の夢。ふたりはこれ以上ないほど親密な関係を強要され、住む世界が違うという現実は歪められた。もう独房から解放されたのだから、セント・ピエールに来る前と同じように、客観的に彼を見つめられるはずだわ。ララには自信があった。初めて自覚した寂しさや虚脱感といった感情は、刑務所での心を苦しめる出来事が引きおこした奇妙な後遺症なのだから。

「具合はどうだ？」リカルドが背後から尋ねた。

ララの胸は高鳴り、髪を梳かしていた手が途中で止まった。大きく息をひとつ吸うと、振り返らずにまた髪にブラシをかけはじめた。「わたしは大丈夫だってマヌエルに言ったのよ。わざわざ確かめに来る必要なんてなかったのに」

「正直なきみばかり見てきたわけじゃないものでね」

「あなたに嘘をついたことなんてないわ」

「騙《だま》すためには必ずしも嘘をつく必要はない」彼の口調は硬く、やさしさの欠片もない。「きみはぼくを騙したんだ。ぼくの命を助けるために、きみがあんな危険なところに身を置くなんて、ぼくだったら絶対に許さなかった。パコだってそのことをわかってたはずだ」

「計画が狂ったのよ。パコはもっと早くに騎兵隊と一緒に到着するはずだったの」彼女は軽い口調で言った。「すべて計画どおりに運んでいれば、わたしが傷つけられることなんて、たぶんなかったわ」

「戦争中は思いどおりに行かなくて当たり前だ。パコはそのことを知ってる。たとえきみが知らなくても」

「パコ・レナルトのせいじゃないわ。そんなことをするのは危険だって忠告してくれたのよ」

「危険？　なんてことだ、パコが来る前に殴り殺されるか、集団レイプされていたかもしれないんだぞ。いつそうなってもおかしくなかったってことがわからないのか――こっちを向いて、ぼくを見るんだ」

顔を合わせたくなかった。厳しい口調にひどく傷つけられたのに、さらにその口調と同じぐらい厳しくて険しい表情の彼なんて見たくない。でも、いつかは直視しなくてはならない。ララはそばの岩だらけの地面にそっとブラシを置くと振り返った。

そこにいたのはまるで別人だった。清潔な軍服のせいだけではない。長かった髪が数センチ短くなって、背中に垂らしていないせいだ。捕われの身のあいだは無理やり抑えつけていた、不屈の強さがオーラとなって目に見えるようで、手を伸ばせば触れられそうなほどだ。視線をリカルドの顔に移し、ララは身震いをした。思ったとおり、人を寄せつけない表情をしている。黒い目はぎらぎらと輝き、唇は真一文字にぎゅっと結ばれている。ララはあわてて視線を彼が着ているシャツの一番上のボタンに移した。「どうして、ああだったかもしれない、こうだったかもしれないって話を長々としてるの？　取り返しのつかないことは何も起こらなかったわ」

「どうやら見解の相違があるみたいだな。ぼくの記憶が正しければ、ぼくはきみのバージンを奪った。それは取り返しのつかないことだと思うがね」

「そのことなら話し合ったでしょ。どうしてまた持ち出すのかしら」彼女は肩をすくめた。「たいしたことじゃないわ。いつかは経験するんだから」

「独房で経験することじゃない」

「そんなこと気にしてないわ。あなたはとても……やさしくしてくれた」

「やさしい？」信じられないといった顔で彼女を見つめる。「なんとかきみが耐えられるものにしようとはしたが、やさしいということにはならない。砂漠で死ぬほど喉が渇いている男のようにきみを飲み干した」

彼女はかすかにほほえんだ。「わたしの記憶では、あなたが夢中になる前に、わたしも同じぐらい喉が乾いてるってことを確認したわ」肩をそびやかし、目を上げて彼を見つめる。「それにあなたは、わたしたちが強要されて……ああいうことをしたのを本気で怒ってるわけじゃない、そうでしょう？　わたしに騙されたこと、わたしたちを独房から取調室に連れていくように、わたしがフラードを仕向けたという事実が気に入らないのよ」

彼は怖い顔でうなずいた。「ああ、そのとおりだ。きみは選ばせてくれなかった」

「選ばせなかったから、なんとかあなたを独房から連れ出せたのよ」

「きみ自身はかなり大きな犠牲を払った」黒い目をぎらりと光らせて彼女を見下ろした。「そして、その犠牲を受け入れるかどうか決めさせてくれなかった。きみはぼくに押しつけたんだ」

「もし自分で決められたら、納得してくれた？」

一瞬の間があった。「いや」

「あなたならそう言うだろうってレナルトが言ってたわ。被告の答弁はこれで終わりよ」

「終わらせてたまるか」彼はふたりの距離を詰めると、彼女の肩をつかんだ。「ぼくが自由になることにどれほどの価値があるかは自分で決める」

「または、あなたの命の値段を？」

「またはぼくの命の値段を」

「確かに、たいして感謝されてないわね」ララは肩をしっかりつかんでいる彼の手を振りほどこうとした。「離してくれない？　痛いわ。鞭で打たれたときに、きっと肩にも当たったんだわ」

急に手を離され、彼女は後ろによろめいた。

「悪かった」声がかすれていた。「一瞬、忘れてしまった」ポケットに手を入れると、小さな瓶を取りだした。「むこうを向いて、シャツを脱いでくれ」

ララは動かなかった。

リカルドは歪んだ笑みを浮かべた。「慎み深くなるにはちょっと遅すぎたな。きみの体のことなら曲線も膨らみも、背中のくぼみにあるあの小さなほくろのこともすべて知ってる」

ララは体がかっと熱くなるのを感じた。シャワーの水に打たれているときに、リカルドがあのほくろを見つけ、後ろからささやかれたときのことを思い出した。「あのときとは事情が違うわ」

「ああ、違う。否定はしない」彼の手が伸び、シャツのボタンを外しはじめた。硬い指関節が軽く胸をかすめ、彼女は鋭く息を吸い込んだ。彼はララの顔に視線を移すと、片手を体に押しつけたまま、じっと動かなかった。やがて視線をそらし、急いでボタンをすべて外した。「まったく新しい事情だ」彼女の体を回し、泉のほうを向かせる。「シャツを腰まで下げて」

彼女は言うとおりにした。後ろで瓶のふたを回しあける音が聞こえた。「ぼくたちの前には、新しい選択肢がずらりと並んでる」

「そうは思わないわ。独房で起きたことはなんの関係もない……」

「包帯はもういらないだろうけど、毎日、きみが風呂から出たら軟膏《なんこう》を塗るつもりだ」リカルドは傷を負った彼女の肌にそっと軟膏を塗りはじめた。「鍾乳洞は湿っていて、世界で最も清潔な場所とは言えないからな」

「わたしは納得してないと言ったはずよ」と彼女は抵抗した。「どうしてわたしの話を聞いてくれないの？」

「きみの言おうとしていることはわかるが、聞きたくないからだ」彼は彼女の後ろで地面にひざまずくと、腰にできた鞭の痕《あと》に薬を塗りこみはじめた。「こんなところまで傷つけやがって。でも傷はかさぶたになってる」とつぶやくように言った。

「わたしはただ、初めて独房に足を踏み入れたときのふたりに戻りましょうって言ってるだけよ」リカルドの触れるところから熱が生まれ、扇状の波となって体中に広がっていくのをなんとか無視しようとしながらララは言った。「それから、ふたりのあいだに起こったことについて、はっきりさせましょう」

「何があったかは完璧にわかってる。目の前で女性が死ぬほど鞭に打たれているときに、何もかもはっきり理解してるなんて驚きだ」声がかすれた。「感情を少しでも表に出したら、フラードはきみをさらに痛めつける。それがわかっていたから、きみが鞭打たれるのを、ただあそこに突っ立って見ているしかなかった。そんなぼくの気持ちがわかるか？」

「とても苦しかったに違いないわね」

「胸が引き裂かれるかと思った」ほとんど聞こえないぐらい声が小さくなった。「あいつらを殺したらきみを救い出して、もう二度ときみを傷つける人のいないところへ連れていきたかった」

牧場《ランチョ》へ。背が高く青々とした草の生える牧草地、鏡のような水面にスイレンが浮かぶ湖へ。

「ぼくのためにあの地獄を経験したからといって、感謝の言葉は期待しないでくれ。あそこに立って、やつらがすることを見ていたときよりも、あの刑務所ではひどい目にあった」突然、ララの背筋のくぼみにある感じやすいところを彼の唇がかすめた。「だけど、二度とあんなことはさせない、ララ」リカルドはささやいた。

胸がぎゅっと締め付けられ、ララは空気を取り込もうと口を開いた。急に膝から力が抜け、まっすぐ立っているには意志の力を総動員させなくてはならなかった。「わたしが選択したことよ」いそいでシャツを肩まで引き上げると震える指でボタンを留めはじめた。「それに、あなたのためにしたわけじゃない。ブレットのためにしたのよ」振り返って彼を見ると、まだひざまずいていた。その姿勢だと小さく見えるはずなのに、なぜかそうはならなかった。彼を実際よりも小さく見せるものなんてあるのかしら。「わたしたちが話し合わなくちゃいけないのは彼のことよ」

「ブレットのこと?」彼は首を振った。「彼に代わって、ぼくが選択することはできないと言ったはずだ」

「あなたならできるわ」体の横に垂らした両手をぎゅっと握りしめる。「いまはあなたのいまいましい哲学をまくしたてないで。わたしが刑務所でしたことが、あなたにとって価値があったのなら、約束して」

リカルドはたじろいだ。「まったく、きみはたくましいな」

「弟をずっと守っていきたいの。約束して」

「それはできない」

ララは信じられない思いで彼を見つめた。「あなたの軍にはマヌエルみたいな純真な子どもたちがたくさんいるでしょう? なのに、さらにブレットまで必要だって言うの?」

リカルドの顔が青ざめた。「マヌエルは戦闘要員じゃない。ぼくをなんだと思ってるんだ?」

「ハーメルンの笛吹き男。どうしてマヌエルをここに連れてくる代りに、あの村でそっとしておかなかったの?」

「秘密警察はぼくがマリアに彼を託してるんじゃないかと疑ってる。そう彼女が知らせてきたんだ。もしふたりをここに連れてこなかったら、マリアとマヌエルがどうなっていたか、説明しなきゃいけないか?」

ララは弱々しく首を振った。「いいえ、なぜそうしなくちゃいけなかったかわかった気がする」ふたりの視線がぶつかった。「でも、そのこととブレットは関係ないわ」シャツをズボンにたくしこむ。「あなたの戦争で弟を殺されないようにするにはどうしたらいいのか教えて」

「彼が元気になって戻ってくる前に終わっているかもしれない」

「終わってないかもしれないでしょ。九年間も続いてるのよ」

「彼の選択の自由を妨げることはできない。その主義を守るために戦ってきたんだ」リカルドは、意見を言おうと口を開いた彼女を手で制した。「だが、きみの弟を戦闘に参加する機会ができるだけ少ない部隊に入れることはできる」彼はいったん言葉を切った。「もし彼が戻ってきたら、命がけで守ると約束しよう」

ララが望んでいた答えではなかったが、ブレットを守るには充分に違いない。「じゃあ、そうするって約束してくれるのね？」

「ああ」彼はまっすぐ彼女を見つめた。「きみも約束をしてくれるなら」

ララは不思議そうに見つめ返した。

「ぼくと一緒にいることを選ぶんだ」

彼女はじっとしていた。「あなたと一緒にいるですって？」

彼は口角を上げ、歪んだ笑みを浮かべた。「アメリカに急いで帰って、セント・ピエールやぼくが存在したことを忘れたい、きみがただそれだけを願っていることに気づいてないと思ってるのか？　そんなことはさせないよ、ララ」

彼女は啞然として、彼をじっと見つめた。「どうして？」

ふたりの視線が絡まった。「きみを愛してるからだ」

動揺と、認めたくないという思いが、ララの体中を駆けめぐった。「あり得ないわ」

「愛してる」

彼女は強くかぶりを振った。「勘違いよ、状況が状況だったし……」

「愛してる」彼は立ち上がった。「自分のことも、どう感じてるかもわかってる。最初は欲望と、守らなければという本能だった。でも途中のどこかで何かが変わった」

「わたしはあなたを愛してない」ララは小さな声で言った。「これから先も愛するとは思えない」

リカルドはうなずいた。「わかってる。ぼくはきみが自分のために手に入れたいと思っているものとは対極にいる。でもそれはかまわない。ぼくは手に入れられるものを得る方法を学んできた」そう言うと肩をすくめた。「運がよければ、これからの数カ月をなんとか生き延びられる。だが、死ぬ前に何かを自分だけのものにしたい」

リカルドが死ぬ？　痛みが体を駆け抜けた。「フェアじゃないわ。精神的に脅しをかけるなんて」

「そんなつもりはない。わかってほしかっただけだ」一歩前に踏み出すと、やさしいがせっぱつまった口調で言った。「今月末までに大きな作戦を展開する。それまでの時間をぼくにくれ」

「この鍾乳洞にいてほしいということ？」

「きみにとって一番安全な場所だ」リカルドはララの頬を片手で包んだ。「ぼくが面倒をみる。一緒にいてくれるなら、きみの身には危険が及ばないようにする」限りなくやさしい手で彼女の髪をこめかみから後ろになでつけた。「お願いだ、かわいい人《ケリーダ》、後悔はさせない」

リカルドは間違ってる。わたしはきっと後悔するわ。彼を見上げると、秒刻みで恐怖がこみ上げてくるのを感じた。一緒にいたのはたった二日で、彼はそのあいだに思いがけずわたしの同情、賞賛そして欲望をかきたててしまった。魔法の笛を持ったハーメルンの笛吹き男を相手にどうやって戦ったらいいの？「一緒にはいられない。セックスのせいよ。あなたはわたしがほしいだけ」彼女は急いで一歩後ろに下がった。「愛じゃないわ」

彼の顔に心痛の表情が走ったが、すぐにこわばった表情に変わった。「そう思いたければ思っていればいい」彼女を見つめたままじっと立っている。「でもここにいるんだ、ララ」

信じられない思いで彼女は彼を見つめた。「ここにいるよう無理強いするつもり？」

リカルドは唇を歪めた。「ぼくたちの前には新しい選択肢がずらりと並んでるって言っただろう。ぼくを助けるために刑務所に来ることを選んだとき、きみは確かに選択したんだ」

ひと息ついた。「あの晩、ぼくたちは何度も愛しあった。子どもができていないとなぜわかる?」

　彼女にはそんなことはわからなかった。怖くてそのことは考えないようにしてきたのだ。

「その可能性は低いわ」

「ぼくたちのどちらもそのことはわからないし、ぼくの子どもを妊娠しているかもしれないのに、ここから出ていかせるわけにはいかない」

「あなたの子ども?　わたしの子どもよ」

「ぼくたちの子どもだ」ほろ苦い笑みが浮かんだ。「もし赤ん坊ができていたら、新しく決めなくてはならないことが山のようにある。ぼくは全部きみと一緒に決めるつもりだ。だから、どちらかわかるまで、きみはここにいるんだ」

　彼女はあっけにとられて笑いだした。「それでわたしに残ってほしいのね。わたしは偉大なる革命家のための繁殖用雌馬かもしれないものね」

「違う!」大きく息をすると、激しさを抑えて言った。「きみはどうしたいのか考えてみるべきだ。ぼくは、きみがぼくたちのあいだに壁を作ろうとするということを知っておくべきだった」

「壁を作ろうとなんてしてないわ。壁はもうあるのよ」

「ぼくも知っておくべきだってことがわからないのか?　かつてぼくが持っていたものはす

べて壊されてきた。きみの人生までめちゃめちゃにされるかもしれないって思うと耐えられない」

「赤ちゃんはわたしの人生をめちゃめちゃにしたりしないわ」

「でも、きみを苦しめるかもしれない。これ以上、きみを傷つけたくないんだ、ララ。ぼくには我慢できない」

苦悩に満ちたリカルドの口調に、彼女は一瞬、同情して胸が痛み、それまで感じていた怒りに穴が開いたような気がした。彼をかわいそうに思う必要なんてないのよ。必死にそう思おうとした。少しでも情け心を抱いたら、戦いを諦めたようなものなんだから。「わたしを傷つけたくはないけど、脅しはするのね？」

リカルドはぎゅっと唇を結んだ。「そうだ」

「いったいどうやって？」

リカルドは一瞬、口ごもった。「きみが必要だと、ブレットにメッセージを送ることができる」

ララは目を大きく見開いた。「なんて人なの。弟はまだ車椅子なのよ」

彼の顔に苦々しい笑みが浮かんだ。「だが、きみはぼくを魔法使いか何かだと思ってるみたいじゃないか。ぼくが指をぱちんと鳴らしさえすれば、彼は必ず走ってくるって」

「弟は走れないわ。あなたの革命のせいで歩けなくなるところだったのよ」爪が手のひらにくいこんだ。「でも、そうね、あなたが指を鳴らせば、弟は来るでしょう」

「じゃあ、ぼくにそんなことはさせないでくれ。ブレットにはバルバドスで無事でいてもらおう」

「あなたの言うとおりね。あなたはあと数カ月しか生きられないかもしれない。わたしの手で殺されるかもしれないんだから」

「怒るだろうと思ったよ」

「それじゃ、予想どおりだったたっていうわけね。まさか、わたしがあなたのベッドに飛び込むなんて予想はしてないわよね？」

彼は首を横に振った。「そうしてくれたらと思うけれど、それはきみが選択することだ、ララ」

「その言葉にはもううんざり。こんな特殊な状況にあったら選択肢なんてまったくないように思えるわ」

「選択肢はいつだってあるさ」彼は言った。「たとえば、さっき脅したようにぼくを殺すこともできる」

ララはたじろいでリカルドをじっと見つめた。彼はさっき言ったことをすっかり本気にしているようだ。「そして、あなたの信奉者たちにわたしを八つ裂きにさせることも」

「パコがきみを守ろうとするだろう」

「彼自身がわたしを殺していなければね。パコはあなたを大切に思っているから」

「そうだな」彼は肩をすくめた。「だが、あいつはきみに惚《ほ》れてるから、きみは革命とジレンマの両方を一撃で終わらせることができるかもしれない」

「狂ってるとしか思えない」

「いつだって選択肢はあるってことを示してるだけだ」

「喜んで選びたいものなんてひとつもないわ。わたしは人殺しではないし、そんなことできない……」声が次第に小さくなり、かぶりを振る。「勝つための別な方法を見つけるわ」

「きみがどれほど負けず嫌いか忘れてた」かすかな笑みが唇の端にのぼった。「ぼくもきみには負けてほしくない。ぼくはただ、きみと子どもを守りたいだけだ」そう言うと、背を向けた。「マヌエルを呼んでこよう。彼が鍾乳洞を案内して、指揮官たちに紹介してくれるだろう。我々はできるだけきみが快適に楽しく過ごせるよう努力するつもりだ。これから二、三日はかなり忙しくなる予定だが、夕食には抜け出してくるようにする」

「あなたには会いたくないわ」

リカルドは肩越しにちらりと振り返った。「でも、ぼくはきみに会いたいんだ」とやさしく言った。「ただきみと一緒にいたいだけだ。心配しなくていい。話しかけてくれなくてもかまわないから」

ララが反論する前に彼は出ていってしまった。立ったまま彼の背を目で追っているうちに、さまざまな感情が交錯してくる。これは怒りよ。彼女はむきになって自分に言い聞かせた。わたしは腹が立って、いらいらしてるの。この心の痛みは、哀れみとか、何日間か一緒にいたことで築かれた奇妙な絆とは関係ない。彼に対してどんな感情を抱くことも、自分に許すつもりはないんだから。

わたしが感じてるのは間違いなく怒りなのよ。

鍾乳洞は大きく、ララが意識を取りもどした部屋とよく似た、自然が生んだ部屋がいくつもあった。そして、広いにもかかわらず、リカルドの力が隅々まで行きわたっているようだった。洞窟を案内してもらっているときに大勢の将校に行きあったが、マヌエルが彼女を紹介すると、誰もが非の打ちどころのない礼儀正しさで応じてくれた。どこに行ってもせわしない雰囲気があって、鍾乳洞の虚《うつ》ろな薄暗さとはまったく対照的に、活気があり、躍動感がみなぎっていた。

「どうしたら迷子にならずに済むの？」マヌエルのあとについて、永遠に続きそうに見える曲がりくねった通路を歩きながらララは尋ねた。「一緒に来てもらえないときは、パン屑をもらって落としながら歩いたほうがよさそうね」

マヌエルが不思議そうに眉をひそめてララを見つめた。「パン屑？」

「ほら、童話のヘンゼルとグレーテルよ」

彼はまだきょとんとしている。

マヌエルがその話を知らないことに気づき、ララは不憫《ふびん》で胸が痛んだ。かわいそうに、これまで童話にふれる機会がなかったのだろう。「気にしないで、あとで説明するわ。ツアーはもう終わり？」

「あとちょっと」通路の突き当たりにある開口部に向かって、マヌエルのペースが速くなった。「ドクトル・サラサールに会わなくちゃ。あそこの部屋が先生の診療所だよ」

「診療所？」

「先生はそう呼んでる。簡易ベッドがたくさんと、手術用の台もあるんだ」

ララは身震いがした。「まるで暗黒時代がよみがえったみたいね」

「それしかないからね」マヌエルは肩越しに彼女を見た。「それでも先生はすっごく尊敬されてるんだ。リカルドが生まれたとき、先生が取りあげたんだって」

「偉大な革命家のための専属の医師みたいなもの？」ララはそっけなく言った。

診療所のアーチ形の入口で足を止めると、マヌエルは困ったような表情を浮かべた。「ぼくにはなぜだかわからないよ。ララはリカルドを助けたのに、まるでリカルドのことを嫌ってるみたいな話し方をする」

「そのことなら心配しないで」ララはやさしく言った。「あなたのリカルドに対するわたしの思いはちょっと複雑なの。彼はわたしのことをとっても怒らせたんだもの」

「どうしてそんなことになるの？　みんなリカルド・ラサロが大好きなのに」

「そうみたいね、でも、わたしはいつもみんなと同じ意見というわけじゃないから……」

「ああ、セニョリータ・クレイベル、このあいだ会ったときより、ずっと元気そうだ」ふたりのほうに歩いてくる背が高くて瘦せた男は、これまでに会った兵士たちと同じように緑色の軍服を着ているが、髪には白いものが交じり、きらきらと輝く目の目尻にはカラスの足跡が扇形に広がっているところを見ると、どうやら六十歳近くらしい。「ドクトル・ファン・サラサールだ。二日前にリカルドがきみをここに連れてきたとき、私が背中を診《み》たんだよ」

「すばらしい治療をしてくださったに違いありませんわ」ララはふと気づくと、男のあたたかみのある笑みに応えていた。「傷はもうほとんど痛くありません」

「私はいつだっていい仕事をしてる」サラサールの黒い瞳が輝いた。「私を見捨てるのは母なる自然と患者たちで、私が見捨てるわけじゃない」

ララはくすくす笑いながら、広い部屋を見まわした。三十から四十の簡易ベッドが石の床の上に一定の間隔で並んでいるが、いまはわずか四つしか埋まっていない。原始的な設備にもかかわらず、部屋は明るく清潔だった。「ここは診療所だってマヌエルから聞きました」

サラサールは肩をすくめた。「できる限りのことはしてる。やれることはそれほど多くはないがね。応急処置をして、もっと高度な治療が受けられるバルバドスに送るだけだ」

「いまはあまり忙しそうじゃないんですね」

「ありがたいことだ」皮肉っぽく笑った。「ちょうど軍事行動の狭間だが、リカルドが襲撃を始めたら、人手が足らなくなるぐらい大勢が運ばれてくるだろう」

ララは彼と目を合わせないように気をつけた。「もうじき始まるのかしら？」

「たぶん。リカルドは事態が動きはじめるのをじっと待ったりはしない」

彼女は恐怖で体が震えるのがわかったが、すぐに抑えつけ笑顔を作った。「それじゃあ、この特別な患者がすっかり治ったのはいいニュースですね」

医師はうなずいた。「でも、すぐにあれこれやろうとしないように。ひどい経験をした精神的ショックは、身体的な傷が治っていてもやって来るものだ」

「わたしは大丈夫です。何かお手伝いできることはありませんか？　ただ座って手を組み、親指をぐるぐる回していることはできません」

サラサールは小さな笑みを漏らした。「リカルドの言うとおりだな。傷が癒《い》えはじめたら、そんなふうに言ってくるだろうって心配していたよ」

「あら、彼が？」ララは顔をしかめた。「どう考えても、彼はわたしのことならなんでもお見通しだって思ってるわね」

「そのせいでいらいらするのか」サラサールは彼女の反抗的な顔つきを考え深げに見つめた。「いや、そのせいではないな。リカルドは私がこれまで出会った誰よりも人を見る目がある。彼のような立場にあれば、そうあってしかるべきだが、読心術者と言ってもいいほど、心を読むコツを得ている」

「気がついていました」

「ララはリカルドのことが好きじゃないんだ」マヌエルがはっきりと言った。

サラサールは声を立てて笑った。「それじゃあ、彼女はあの悪党にぴったりだろう。彼には挑戦することが必要だからな」彼とララの視線がぶつかった。「リカルドからは、あなたはもうしばらくここにいると聞いている」

「わたしには選択肢がないみたいだから」

サラサールは彼女のそっけない返事を無視した。「手伝ってもらえるなら、いつだって大歓迎だ」

彼女は突然不安になり、顔をしかめた。「いろいろ教えていただかないと。残念ながら、看護師の経験はありませんから」

「ここでいやと言うほど経験を積めるさ」彼は厳しい口調で言った。「ここにはちゃんと資格を持った看護師がふたりいるんだが、いつも立ったまま寝そうなほど疲れてる。言われたことをちゃんとやってもらえるなら、人手不足を補うことができる」

「やってみます」とララは言った。「いつから始めましょうか?」

「すっかり元気になってからだ。いま手伝ってもらったら、リカルドに殴られちまう」

「さっきまでは彼のことを怖がってなかったみたいですけど」

「リカルドを怖がっているのではない、しかし将軍としてのリカルドはまったくの別人だ」

「明日の朝、また来ます」ララはきっぱりとした口調で言った。

「言っただろう、リカルドが……」彼女の揺るぎない表情を見て口をつぐむと、サラサールは笑みをこぼした。「よくわかった。いいだろう。だがリカルドとはきみひとりで戦ってもらわねばならん。私は年を取りすぎた」

「喜んで」彼女は真顔で言った。「戦いなんて聞くとそそられます。では、失礼します、ドクター・サラサール」彼女は立ち去ろうと背を向けた。「さあ、マヌエル。わたしの基地まで連れていってちょうだい」

マヌエルはうなずいた。「ララの部屋を整えなくちゃいけないからね」

「整える?」

「リカルドに言われたんだ。ララにはとっても快適に過ごしてもらわないといけないって」

彼女は振り返って診療所の質素な家具を見た。「この鍾乳洞では、ものを持ってるから快適だっていうことにはならないと思うけど」

「ぼくならできるよ」マヌエルは曲がりくねった通路をすたすた歩きはじめた。「任せておいて」

5

マヌエルは持ち前の器用さを活かし、精力的に仕事に取り組んだ。

その日のうちに、小さくてがらんとしていた部屋はすっかり生まれ変わった。マヌエルは最初の二時間でエアマットレスを二枚、清潔な毛布そして高級品と言ってもおかしくない、洗いたてのコットンのシーツをどこかから手に入れてきた。ほどなくして追加のカンテラを三つ、水筒をふたつ、よく読みこまれたペーパーバックの小説を八冊持って現われた。それから四時間のあいだに贅沢《ぜいたく》品や必需品が続々と持ちこまれた。マヌエルが自分で運んでくることもあれば、兵士たちのひとりが運んでくることもあった。兵士たちは恥ずかしそうにほほえみ、宝物を床に置くと、来たときと同じぐらいすばやく姿を消した。

ララはとうとうストップをかけた。「もう充分」マヌエルが隅の毛布の山に拳銃とトランシーバーを置くと、彼女はきっぱりと言った。「これ全部、どこから持ってきたの、マヌエル？」

「備品置き場から持ってきたのもあるし、兵士からもらったのもあるよ」マヌエルは含み笑いした。「心配しないで、盗んだわけじゃないから。ララに必要なものがそろってるか、みんな知りたがってるんだ。ぼくは訊いてみるだけでよかったんだ」

「拳銃とトランシーバーで、いったいわたしに何をしろって言うの？」

「みんな拳銃ぐらい持ってるよ」マヌエルは眉をひそめてじっと考えていたが、突然、勝ち誇ったような笑みを浮かべた。「それにトランシーバーがあれば、リカルドが作戦司令室にいるときでも話ができるじゃないか」

ララは首を振った。「こんなにいろいろいらないわ」

マヌエルは落胆してうなだれた。「集めてこないほうがよかった？」

「ものすごくよくやってくれたわ」ララはやさしく言った。「とっても感謝してるのよ、でももう終わりにして」

「でも、まだトランプを手に入れてないよ」

「わたしよりも兵士たちのほうがずっとトランプを必要としてるのは間違いないわ」

マヌエルは頑固に首を振った。「リカルドに言われたんだもん。ララには……」

「もう充分よ」ララは彼が抗議しようとするのを見て、あわてて話題を変えた。「でも、とってもお腹が空いてるの。食事は何時から？」

マヌエルはすぐに新しい話題に気を取られた。「兵士たちは食堂で食べるんだ。でもララはここでリカルドと食べるんだよ」

「わたしは兵士たちと一緒でいいわ。食事をここに運ばなくても……」

「このレディーはお腹が空いてるんだ、マヌエル」アーチ形の入口にリカルドが立っていた。

「ひとっ走りして、何か食べるものを持ってきてくれ」

マヌエルは張りきってうなずいた。「はい、すぐに」彼は走って入口に向かった。「ララと話しあっておいてね、リカルド。トランプはいらないって言うんだ」

リカルドはララの顔から目を離さなかった。「話しておこう」

マヌエルが視界から消えた。

ララはリカルドから目をそらした。「まったく、あの子ったら頑固なんだから」

「でも思った以上にものを集めてくるのがうまいらしい。洞窟を贅沢と言ってもいいぐらいの空間に変えてしまったんだから」

「彼はとても説得力があるに違いないわ」彼女は部屋を横切り、マヌエルが毛布を折りたたんで作った椅子に腰を下ろした。「それにあんなに上手に英語を話すなんて驚いた」

「いい医師のお陰だ。彼が仕事があいているときは英語の授業をしてくれる。革命が終わったら、アメリカとは親密な関係を築くつもりだから、英語の話せる市民が増えれば増えるほど、みんなにとっても、いいことなんだ」

「わたし、ドクター・サラサールが好きよ」

「きみが好きなのはドクトルに、パコに、マヌエルか」彼は軽い口調で数え上げた。「嫌われているのはぼくだけのようだな」

「そのままずっと嫌われ続けるのよ」ララは彼の目をまっすぐ見つめた。「脅迫されるのは好きじゃないわ」

「ぼくだって好きじゃない」リカルドは彼女の向かいに腰を下ろした。「必要なことなんだ、ララ」

「あなたの考えではね」

「ぼくの考えでは」リカルドは同意した。「何年間も頼れるのは自分の考えだけだった。そんなにすぐにやり方を変えるわけにはいかない」

彼は膝の上で両手を組んで、静かに座っている。独房で何時間もそうやって座っているのを見てきた――いまもあのときと同じように静かで、同じように力と権力を内に秘めた雰囲気をまとい、同じように優雅で官能的だ。彼女のなかに性的な反応を引きおこすようなことは何ひとつしていない。それなのに、突然、体が反応し、ふたりのあいだの空気はぴんと張りつめ、ピリピリとしたものに変わった。彼女の心臓が激しく鼓動を打つ。速まる呼吸に合わせて胸が上下し、ごわごわしたコットンのシャツに当たる乳首が硬くなっていく。彼女はもう一度、彼から顔を背け、なんとか表情を見せまいとした。「ここには来てほしくないと言ったはずよ」

「チャンスはつかまなくてはならない」

「もう一度、わたしと寝るために？」はすっぱな口調で尋ねた。

あまりにも長いあいだ返事がないので、ララは彼の顔に視線を戻した。感情を抑えてはいるものの、彼女の言葉に傷ついていることが直感でわかった。気にすることじゃないわ。彼女は思った。

しかし、気になった。彼の感じる苦痛にどういうわけか不思議と心が痛んだ。

「そうだ。もう一度、きみと愛しあいたい」リカルドはくぐもる声で言った。「ほしくてたまらなくて、いまも苦しんでる。ずっと考えてるんだ。きみのなかに入って深く、浅く動いているときに、きみはどんな感触を、熱さを感じるのかを。そして奥深く入ったときに、きみが上げる声は……」

「そんなことは聞きたくないわ」ララの頬がかっと熱くなる。「終わったことよ」

リカルドは首を振った。「まだ終わってない。終わってたら、きみがほしいと思いながらぼくがここに座っていることも、ぼくがほしいと思いながらきみがそこに座っていることもないはずだ」

嘘をつくつもりはなかった。「あなたはわたしの初めての人よ。もちろん、まだ気にはなってるけど……」ララは言葉を切った。「でも、あんなことはもう二度とないわ」

「またあると思う。またあってほしいと思ってる」リカルドは歪んだ笑みを浮かべた。「たとえなかったとしても、今回は負けはしないよ、ララ。なぜだかわかるか？」

彼女は答えなかった。

「セックスだけじゃないからだ。あの独房に座ってゲームをしていたときに、きみの顔を見て楽しんでいたのを知ってるか？　きみを愛しているときと変わらないぐらい楽しかった」

ララは信じられない思いで彼をじっと見つめた。

リカルドは喉の奥で笑った。「ほんとうの話だ。〝変わらないぐらい〟って言ったのに気がついただろう。セックスと比べたら、あの楽しさは激しくも、爆発的なものでもなかったが……ぼくをあたためてくれた」

彼の言おうとしていることはわかった。でも、そのぬくもりと戦わなくてはならない。性欲よりもずっと危険だし、彼の言葉に押し流されてしまう。

「だからきみと一緒にいるだけで勝てるんだ」彼の笑みが消えた。「もしきみが許してくれたら、きみも勝つんだと思う。ぼくたちはあの独房でいくつもの地獄のハードルを飛び越えてきた」

「自分に許す気はないわ」彼女は言った。「あなたに対して、何かを感じるわけにはいかないのよ、リカルド」

彼の体に力が入った。「小さな家に住んで、そこには大きな犬がいて、すべてがきちんと整ってるっていう夢のせいか？　確かに、ぼくの生活はいつもきちんとしてるというわけじゃないし、そんな日がくるかどうかも疑わしい」

「わたしが言おうとしてるのはそのことよ。わたしたちは違うのよ」

彼は黙って首を振った。

「わたしたちは違うわ」彼女は言い張った。

「違うというほうを選んでいるだけだ。いつだって新しい道を選べるのに」

「あなたはどうなの？　あなただって新しい道を選べたわ」

リカルドは笑みを浮かべた。「一本取られたな。きみの言うとおりだ。ぼくはフェアじゃなかった。革命をあきらめて、きみについて小さな町に行くこともできた。そうすべきだったと思うかい？」

ララはその質問にうろたえ、彼をじっと見つめた。

「いいえ」

「なぜだ？」

無意識にそう答えていたが、考えなくてはならなかった。「あなた自身が革命だからよ。あなたの信念がいまのあなたを作り、いまやっていることをやらせているからだわ」

「きみは信念に従って、ぼくを救うために刑務所に来た」

「ブレットを救って、あなたから遠ざけるためにそうしただけよ」

「ほんとうに？」彼は組んだ指を考え深げに見下ろした。「ほかに方法はなかったのか？　もっと危険が少なくて、同じ結果を得られる方法が？」

「ほかの方法は思い浮かばなかったわ」

「考えてみるんだ」リカルドは目を上げて彼女の顔を見た。「きみは自分で思いこんでいるような女性ではないんだ」

「前にもそう言ったわね」彼女はかぶりを振った。「でも、あなたは間違ってるわ」

「そうかもしれない」彼は言った。「でも、ともかく考えてみてくれ」

考える時間ならすでにたっぷりあった。彼女の体は愚かにも、彼に初めて会ったときと同じように反応している。もうこれ以上、彼に勝たせる余裕はない。「あなたがまたここに来ても話をする気はないわ」彼女はいらだたしげに言った。「もう諦めたほうがいいわよ」

「また来る」ふたりの視線がぶつかり、ララは彼の顔に浮かぶ執念深い意志と、ほんのわずかだが思いもかけなかった悲しみの表情を見た。「それに諦めるつもりはないよ、ララ」


リカルドはマヌエルが運んできた質素な夕食を一緒に食べ、終わると出ていった。

次の日の夜も、その次の日の夜も彼は来た。

ララは冷ややかな沈黙を守ろうとしたが、彼はその冷たさに気づかないふりをした。戦争やこの九年間の生活については口にせず、代りに革命前のことを話した。子どもの頃に過ごした牧場での日々を生き生きと描きだし、そして大学生だった頃のことを語った。彼女は思わず話に引きこまれ、気がついたら質問をしていた。

「ご両親の話はしないのね」ララが言った。「あまり仲がよくなかったの？」

「母親とはね」リカルドは肩をすくめた。「母は牧場主という役割は好きだったけれど、母親役は荷が重かったんだ。でも母を責めることはできない。育ち盛りのぼくときたら、きみの想像しているとおり、ひどい腕白小僧だったからね。でも父とは仲がよかった。強い信念を持った、気取らない、いい人だった。軍事政権《フンタ》が権力を握ったとき、父は信念を隠す理由がわからなかった。もし、わかっていたら……」言葉を切ると、コーヒーカップを口もとに持っていった。「父はぼくの憧れだった」

「革命で亡くなったの？」

「革命の前、ぼくが大学生だったときだ。軍事政権の命令で父と母は刑務所に連行され、牧場は没収された」うつむいてカップのなかのコーヒーを見つめる。「ふたりはぼくの目の前で射殺された」

ララの体を衝撃が走った。「ああ、神様」彼女は小さな声で言った。

「ぼくが大学で軍事政権に反対するよう扇動してたから、やつらは、もしもぼくがそのまま続けたらどうなるか示そうとしたんだ。だから、ぼくを刑務所に連れていって、そこで……」

「それ以上、話さないで」彼女は急いで言った。「話さなくてもいいのよ」

リカルドは首を横に振った。「きみには知っておいてほしいんだ。ぼくの一部だから」カップを握る手に力が入った。「軍事政権の取ったやり方はとても愚かなものだった。ぼくはまだ十九歳だったし、扇動するのをやめれば両親を殺さない、そう言うべきだったんだ。ぼくは父が大好きだった」

ララはごくりと唾を飲み、喉の緊張を緩めた。「その選択肢は与えられなかったの？」

彼は首を振った。「あいつらには見せしめが必要だった。ぼくの言うことには耳を貸そうともしなかった。両親を射殺したあと、ぼくを大学に戻したんだ。反政府グループを解散させろ、さもないと、ぼく自身や友だち全員を同じ目にあわせると言って」彼は悲しそうにほほえんだ。「言っただろう、やつらはとても愚かな方法を取ったって。ぼくのことも殺すべきだったんだ」

「そんなことない！」ララは本能に突き動かされて否定した。これまでにいったい何度、リカルドは死の淵に立たされてきたのかしら？　わたしが居心地のいい、ごくありふれた世界で、ゆっくりと着実に前に進んでいるあいだに、精神的にも肉体的にも地獄の苦しみを経験していたなんて。

「ぼくは狂人のようなものだ。怒りと……罪にまみれている」

「罪？」

「両親が殺されたのはぼくのせいだと言われた。民衆を扇動するぼくの演説が両親を死に追いやったんだって。しばらくのあいだ、ぼくもそう信じていた」リカルドは岩だらけの地面にカップを置いた。「でも、そのうちに両親はどのみち殺されたはずだと気がついた。父は影響力があったし、ぼくに負けないぐらい軍事政権を嫌ってた」

「それで革命を起こしたの？」

「革命は誰かが起こすものではない。ひとたび爆発したら、終わりが来るまで爆発し続ける連鎖反応だ」

「あなたがニトログリセリンを与え続ければね」

「好きでやってると思ってるのか？」彼の口調が急に激しくなった。「青春時代をすべて内戦に捧げて満足しているとでも？　ぼくはもうすぐ三十歳で、人を殺し、傷つけることしか知らない」深く息を吸い込んだ。「戦うに値するものもある、でも、もううんざりだ」

「でも、あなたは続けていく」

「弟が脅されたら、きみが戦い続けるのと同じように」

「ブレットはわたしの家族だもの、たったひとりの」

「そしてセント・ピエールはぼくの家族で、ぼくにはこの国のために戦っている人たちしかいないんだ」彼女と目を合わせた。「きみはブレットのことが大好きなんだろう？」

ララはうなずいた。「わたしたちは双子で、ときどき、ふたりでひとりのように感じるわ。そうね、性格は違うんだけど、核となるところは似てるの」

彼はほほえんだ。「ぼくへの思い以外は」

「あなたへの思い以外は」

ふたりのあいだに沈黙が落ち、リカルドは話題を変えた。「きみが診療所で働いているって、今日、フアン・サラサールから聞いた」

「あなたの革命を手助けするためじゃないわ」早口で言った。「何もしないでいるのはもううんざりだから」

「ぼくがきみの考えを変えたって思うほどばかじゃないよ」彼は穏やかに言った。「もう少しのんびりしてほしいだけだ。よく眠れてるのか？」

「ええ」彼女は顔をしかめた。「こんなに鍾乳石がのしかかっているわりには、ぐっすりとね。まるでエドガー・アラン・ポーの『落とし穴と振り子』の被害者になったみたい」

「ぼくもそう思うことがたまにある」彼は立ち上がった。「でも独房であったことを夢に見たりはしないだろう？　突然、落ちこんだり、塞《ふさ》ぎこんで震えることは？」

ララは首を横に振った。「ドクター・サラサールにも同じことを訊かれたわ。あなたたちがふたりとも、わたしをそれほど意気地なしだと思ってるなんて、ちょっと侮辱された気分よ」

リカルドが不意に顔をしかめた。「そんなふうに思ってない。きみが心の重荷を下ろそうとしないことを知ってるだけだ」

「あなたはわたしよりずっとひどい経験から、後遺症もなく立ち直ったみたいじゃない」

うんだぞ」

「格好をつけてるんだ」彼の顔から笑みが消えた。「もし、何か問題が起きたら、ぼくに言うんだぞ」

「自分でなんとかするわ」

リカルドは小声で悪態をついた。「なぜひとりで背負う？　きみの身に起きたことはぼくの責任なのに」

「いいかげんにして。わたしは自分の自由な意志で、あなたの小さな熱帯の楽園に来た。あなたはゼウスに罰せられて肩で天を支えつづけているアトラスを気取ってセント・ピエールの島全体を背負いたいなら、どうぞご自由に。でもわたしのことは放っておいて。自分のことは自分で面倒みるわ。お気遣い、どうもありがとう」

彼の顔から苦々しい表情が消え、やれやれというようにほほえんだ。「わかった。きみを肩にかつぐのはやめておこう。どっちにしても、きみに密着させたいのは肩じゃない」笑みがあからさまに官能的なものになり、低い声で惑わせるようにささやく。「どれほどきみを抱きたいかわかるか？　きみのきれいな脚をぼくの腰に絡みつかせて、きみのなかに深く入りたい」

ララは彼を見上げると、体中が熱くうずいた。この一時間、彼のことがかわいそうで同情したり、激怒したり、ありとあらゆる感情が湧き上がった。肉体的な反応はしっかりコントロールしたと思っていたのに、いまになってわかった。お互いに強く惹かれあう化学反応を鎮めていたのはリカルドのほうだったのだ。

「そうだ」彼の視線が彼女を捕える。「いまだにそう思ってるし、その思いが消えることはない。毎晩、眠る前に考えてるんだ。きみはどうなんだ？」

ララは舌で唇を湿らせた。「いいえ、そんなこと自分に許さないわ」

「それはぼくにとっても残念だ、でも、なんとしても認めさせるよ」彼はやさしく言った。

「自分の思いを締め出せないように、もうこれ以上、きみのことは締め出せない」

「リカルド、そんなの無意味だわ」

「きみが弟について言ったこと、ときどきふたりでひとりのように思うと言ったことを覚えているかい？　そうだ、ぼくたちがそんな感じだ、ララ。きみをとても近くに感じて、心が読めることがある」

彼女は震える声で笑った。「気がついていたわ。でも、あなたは読心術者で魔法使いみたいなものだということはみんなが知ってる。わたしたちには関係ないわ。わたしにはあなたが何を考えてるか、まったくわからないもの」

「わかろうとしないからだ」彼がせっぱつまった口調で言う。「ぼくを見るんだ、ララ。ぼくはいま、何を考えてる？」

痛み。欲望。やさしさ。愛。

いいえ、愛じゃないわ。わたしが彼を愛せないように、彼もわたしを愛せない。急いで彼から目をそらす。「わからないし、わかりたくもない。わたしに催眠術をかけて、あなたが信じさせたいことを信じさせるようなまねを許すつもりはないわ。あなたはこの目くらまし戦術が上手なだけよ」

「目くらましなんかじゃない」ひとつ息をつくと、短くつけ加えた。「愛だよ、ララ」

「違うわ！　愛なんていらない。わたしがあなたを愛することはないわ」

「そうかもしれない」手を伸ばすと、彼女の頬骨に沿って人差し指を走らせた。「でも、ぼくがきみを愛するのを止めることはできないよ、かわいい人《ケリーダ》」

「自分のしてることがどんなに理性を欠いてるかわからないの？　わたしたちは全然似てない。同じ道を歩いていきたいとさえ思ってない」

「でもお互いにほしがっている。お互いを愛している」

「いいえ」

　手を彼女の顔から離すと、リカルドは背を向けた。「おやすみ、ララ」

「どうしてわたしの話を聴いてくれないの？」

　彼は何も言わずに大股で寝室から出ていった。彼の指のぬくもりがまだ頬に残っていた。やがて寂しさが急速に広がった。前の晩、その前の晩に彼が出ていくときに感じたのと同じ寂しさだった。なんてことかしら、彼がいることが当たり前になりつつある。そのことに気づき、恐怖にぐさりと胸を刺された。彼が一緒にいなければ、満ち足りた気持ちになることはない。ドクター・サラサールと働いているあいだも、夜になったらリカルドが来て一緒に数時間を過ごせる、そう思うだけで気分が高揚することに気づいていた。自分がどう感じているかを認めないようにしてきたが、もうこれ以上、否定はできなかった。リカルドと一緒に過ごすこの数時間を一日のクライマックスとしてとらえ、このいまいましい男と一緒にいるだけで、深い満足感を味わってきた。

どうか心のままにふるまえますように。彼女は願った。

リカルドは部屋を出ていく、あの最後の瞬間まで性的に興奮させようとはしなかった。同情したのは彼も感じている孤独と悲しみのせいだわ。ララは自分を正当化しようとした。もちろん、困難を乗り越えた強い男を尊敬している。そして、もちろん彼の知性、ウィット、母国への献身ぶりには感銘を受けている。でも、そういった資質のどれひとつとして、彼と一緒にいるときに感じる生き生きとしたぬくもりほどは満たしてはくれなかった。

リカルドはとても大事な人になりつつあった。

明日の夜、彼が来たら、しっかり自分を守らなくちゃ。

翌日の晩、リカルドは彼女のもとを訪れなかった。

マヌエルは陰気な顔で、ほとんど無言で食事を出した。リカルドのことも、彼がいないことにもふれなかった。

ララもリカルドのことを口にするつもりはなかった。今夜、彼が来ないなんて幸せだわと心のなかで思った。夕方からずっと、対決に備えて心の準備をしてたけれど、もう心配はいらない。それでも彼女は心配だった。

食事が半分終わったところで、とうとう降参してマヌエルに尋ねた。「彼はどこ？」

少年は彼女の視線を避けた。「メロンを食べてみてよ。今夜のはとってもおいしいよ」

「リカルドはどこなの、マヌエル？」

彼は立ち上がった。「コーヒーを持ってくる」

「コーヒーなんてほしくない。リカルドが今夜どこにいるか知りたいの」

マヌエルはためらい、困った顔をした。「言っちゃいけないって言われてるんだ」

「どうして？」

彼は肩をすくめると出ていった。

別な女性。

突然浮かんだ考えが衝撃となって駆け抜け、彼女は体をこわばらせた。リカルドはとても野性的な男だとフラードは言っていた。いまや支持者のもとに戻ったのだから、快楽に身を任せるのはごく自然なことだ。鍾乳洞でもセクシーな女性を連れた兵士を何人も見てきたし、彼がちょっと指を曲げて合図するだけで、女たちが走ってくることは知っていた。こんなふうに痛みを感じ、裏切られたと思う理由はない。リカルド・ラサロはわたしのものではないのだから、こんなありふれた嫉妬《しっと》にかられて腹を立てる権利はないじゃないの。

でも、嫉妬していた。それも原始的に……怒り狂っていた。褐色の肌をした女たちの腿がリカルドに絡みついていると考えただけで、怒りで頭がくらくらした。そんな女たちは殺してやりたい……。

「セニョリータ、早く来て！」マヌエルが入口に立っていた。「ドクトル・サラサールが手を貸してほしいって」

ララは勢いよく立ち上がった。「何があったの？」

「怪我人が運びこまれてる」

ララは急いで彼のほうに向かった。「怪我人って？」

「急襲をかけたんだ」マヌエルは診療所に向かって通路を走り、肩越しに叫んだ。「大勢死んで、大勢怪我をしてる。急いで」

「急襲って何？　マヌエル、教えて……」

彼はどんどん先を急ぎ、ララはあとを追って通路を死に物狂いで駆けおりはじめた。心臓が激しく脈打ち、胸から飛びだすのではないかと思った。

怪我をした人。亡くなった人。リカルド！

ララが駆けこむと、広い診療所には痛みにうめく男たちの声と、サラサールが指示を飛ばす、鋭く、断固とした声が響きわたっていた。少なくとも三十の簡易ベッドが怪我人で埋まっている。サラサールのふたりの看護師たちはあわただしく働き、患者から患者へと飛びまわり、こっちで点滴を調整したかと思うと、あっちで圧迫包帯を巻いていた。

「ララ。よかった」サラサールは肩越しに彼女をちらりと見ると、彼の前の簡易ベッドに横たわる男の腕に皮下注射の針を刺した。「手を洗ったら、ルースとマリアに手を貸してやってくれ。夜が終わるまでに、間違いなく十本以上の手が必要となる」

「何があったんですか?」ララは尋ねた。

「アビー刑務所を攻撃した。ご立派なフラード大尉がこの世にいないとわかれば、きみもうれしいだろう」サラサールは兵士の血まみれのシャツを切り開きはじめた。「パコによると、アビーを黒焦げの瓦礫《がれき》の山にしたそうだ」

「パコが? リカルドはどうなったの?」

「リカルドが攻撃の指揮を取った」

「大丈夫なの?」

「たぶん」

「〝たぶん〟って、どういうこと?」ララはパニックで、息が苦しくなって頭が変になりそうだった。「無事なのよね?」

「私はリカルドには会ってないんだ。最初の攻撃のあとパコはあいつを見失った。いま捜しに戻っている」

「どうして見失ったりしたの？」ララはサラサールの腕をつかんだ。「彼はリーダーでしょ、まったくもう。どうして……」

「わかってほしいんだが、私だってリカルドが無事かどうか知りたい。だが、瀕死《ひんし》の人々がいる。治療を止めてリカルドを捜しに行くわけにはいかないんだよ。パコに任せるしかないんだ」サラサールはララには目を向けずにいらだたしげに言った。「さあ、ルースとマリアを手伝いに行きなさい」

ララはサラサールに背を向けると、くらくらしながらふたりの看護師のほうへ歩いていった。リカルドが攻撃の指揮を取っていたなんて。刑務所の屋根の上で、マシンガンが死と銃弾をはきだしている破壊的な光景がララの心の目に映った。三十人以上もの男たちが傷つき横たわっている。おそらくこの部屋のなかで死ぬだろう。リカルドが攻撃のリーダーなら、最初に倒れるのは彼じゃないの？

〝次の数カ月をうまく乗り切れたら幸運だな〟

リカルドの言葉を思い出し、恐怖がいっそう募《つの》る。

〝何か自分のものがほしいんだ……〟

ララは泣きたくなった。鍾乳洞を走り出てリカルドを捜しに行きたい。だけど、どちらもできなかった。ドクターの言うようにパコに任せるしかない。いま男たちは傷つき瀕死で、ララを必要としている。

マリアの隣に立ち、ララは穏やかに尋ねた。「何をお手伝いしましょうか?」

リカルドが生きているのか死んでいるのかわからないまま、ララは八時間以上ものあいだ休むことなく働いた。朝の早い時間に診療所を出るつもりだった。若い兵士の体を拭いていたときに、ふと顔を上げるとリカルドが戸口に立っていた。サラサールに話しかけている。

喜びの波がララを襲い、急に頭がくらくらして意識がぼうっとなる。

あの人が生きていた!

黒髪は乱れ、顔はすすで汚れ、すっかり疲れはてているようだ。だけど、ああ神様、あの人は生きていた!

ララが見つめていることに気づいたに違いない。リカルドはドクターから目を離し、ララの視線を受け止めた。話をやめ、ひたすらララに視線を注いだ。

顔を背けなくては。見つめ過ぎだわ。ララは自分が透明になった気がした。これまでになないほど無防備な気分だ。

そのとき、リカルドがララにほほえんだ。まばゆいばかりのやさしい笑顔にララは息を飲んだ。気がつくと喜びのあまり、唇に笑みを浮かべてほほえみ返していた。

リカルドから目が離せない。喜んでいる姿を彼に見せるなんて、わたしはなんてばかなの。そう言い聞かせることすらしなかった。安堵《あんど》が体を駆け巡り、言い訳などどうでもよかった。

リカルドが生きていた。

彼はララにほほえみながらしばらく立っていたが、やがてサラサールに何かつぶやき、背を向けると診療所から出ていった。

6

ララは看護師の手伝いが終わると、十時間ほどぐっすりと眠った。

目を開けると、リカルドが簡易ベッドの横の地面にあぐらをかいていた。ララは夢うつつで彼に笑いかけながら、幸福が体のなかでゆらめいた。「最後に見たときよりも、すっかり汚れが落ちたみたいね」彼女がささやく。「顔はすすだらけだったもの」

「風呂に入ったからね」リカルドはおどけたように片方の眉を吊りあげた。「いつものパターンさ」

「わたしもそうしたいわ」ララはあくびをして起き上がった。「もうくたくたで診療所から出たらベッドに倒れこむだけだったの」

「昨日の夜ちょっと立ち寄ったとき、きみが疲れ切っているのがわかったよ」リカルドは手を伸ばし、ララの額にかかった髪を後ろにかきあげた。「それに、ほかのこともわかったと思う」

「そう?」ララは無意識のうちに彼から離れた。「あなたが何をわかったのか知らないけど……」

「また壁を作っちゃだめだ」リカルドが笑いかける。その笑顔があまりにもやさしくて、ララの警戒心は溶けていった。「もう手遅れだよ」

「わたし……あなたが生きていてうれしかったわ」

「ぼくもだ。あの瞬間、生きているのがこんなにうれしいと思ったことはなかった」

ララはかぶりを振った。「こんなことはやめて。あなたはわたしのことを急《せ》かしているわ。すべてがあまりにも早すぎる。どう感じているのか、自分でもわからないのに。考えてみなきゃ」

「急かさなきゃならないんだよ。きみの気が変わる前に、ふたりの関係をしっかりさせたいから」

ララはリカルドから顔を背けた。「どうしてアビー刑務所を攻撃したの？　囚人はあまり残っていないと言っていたでしょう」

「結構いたよ。次に大きな攻撃をすれば、ぼくたちはかなりやつらを追いつめることができる。エミリオ・フラードが真っ先にすることは囚人たちを殺すことだろう。とにかく、フラードとあの悪の巣窟《そうくつ》を破壊したかったんだ」リカルドがララの首に手を這わせる。触れたところに熱い震えが走った。「それに、きみの人生と記憶からあいつを消し去りたかった。生まれてこなかったみたいに」

「誰かを殺しても、そんなことはできないわ」

「わかっている。だけど、あいつが再びきみに手出しをする心配をしなくていいんだよ。きみの過去からあいつの記憶を消すことはできない。だが、今後はきみの前にあいつが現われることはないんだ」リカルドはララに返事をする間を与えずに、手を取って立ち上がらせた。

「風呂に入って、何か食べておいで。明日会おう」

「明日？」ララは声に失望がにじむのを避けられなかった。「どこに行くの？」

「どこにも。ぼくが急ぎすると言ったのはきみだよ。距離を置いているだけさ。ぼくという存在から少し中休みを取ってもらおうと思ってね」リカルドはララの視線を受け止めた。

「もちろん、きみが距離を置きたくなくなったら、ぼくがどこにいるか知っているよね」

リカルドがどこにいるのか知らないことにララは初めて気づいた。彼の部屋に行ったことがなかったのだ。「あなたのことはほんとうに何も知らないし、わたしと一緒にいないときに何をしているかもわからないわ」ララは顔をしかめた。「それに、アビー刑務所を攻撃することも教えてくれなかったでしょう？」

「きみが興味を持つかどうかわからなかったんだ」リカルドはララに後ろを向かせ、やさしくヒップをポンとたたき、ドアのほうへ押し出した。「きみがここにいるとわかって、とてもうれしいよ」

そのとき、ララは自分がリカルドを見るのを怖がっていることに気づいて、うんざりした。

すでに関係を持った人に対して、こんなにも恥ずかしがるなんてどうかしている。「興味はあるわよ」ララにある考えが浮かんだ。肩越しに振り返り、心配そうな視線を投げかける。「ほんとうのことを言ってくれない？　わたしに時間をくれているだけだって？　今夜また攻撃をするつもりじゃないの？」

リカルドの表情がやわらいだ。「ぼくはどこへもいかないよ。明日ここへ戻ってくると約束する」

安堵がララの心を満たした。「よかった」笑顔を見せようと努力する。「しばらくは戦いや攻撃のことを忘れてほしいわ。看護師のお手伝いはあまり得意じゃないし、診療所でまた地獄のような夜を過ごすかもしれないと思いたくないの」

リカルドの声はとてもやさしかった。「きみはよくやったとファン・サラサールが言ってたよ」

「彼は必死だったの。あのすばらしい医師は、圧迫包帯を巻けることができたらオランウータンにだって手伝わせたでしょうね」

リカルドは笑った。「たぶんね。それでも医師の期待にきみは応えてくれた」そう言うと言葉を切り、笑顔が消えた。「ぼくの期待に応えてくれたようにね。きみは抵抗しているけど、結局はぼくたちに与え続けてくれている。ぼくが願っているのは、話をするのをやめて、きみにお返しをすることさ。ぼくの望みはきみに与えることだよ、ララ」

リカルドの目差《まなざ》しはあたたかく強かった。そのあたたかさがベルベットの繭《まゆ》のようにララを包み込んだ。抗うことのできない魅力を湛《たた》えた彼の顔から目が離せない。「わたし……お風呂に入らなくちゃ」

ララは頭がぼうっとしてきて、急いでリカルドから離れた。それから、ほとんど走るようにして通路を抜けていった。


湧水《わきみず》を溜めた池は相変わらず凍るほど冷たかったが、ララの心は大いに乱れ、水温のことなどほとんど気にならなかった。

彼を愛することはできない。

だけど、彼が死んだかもしれないと思ったとき、圧倒的な喪失感に襲われた。そして再会できたとき……。

ララは目を閉じ、よみがえった喜びの瞬間を味わった。

リカルドには何かを感じる。だけど、それが愛であるはずがない。アビーでの体験のせいで、ふたりの距離はぐんと近くなった。それはセックスをしてそばにいたからだ。愛じゃない。危険の淵で生きている男性に同情するのは当然だもの。できる限りどんな方法を使ってでも助けたいと思うのも当然だ。

ああ、だけど、自分でも偽善的でひとりよがりに思える言い訳だわ。ララは自嘲《じちょう》ぎみに考えた。彼がセクシーで魅力的で、自分がとてつもない渇望を抱いていると、どうして認めないの？　リカルドも明らかに同じ渇望を感じているのだから、互いの願いを成就《じょうじゅ》させるのは当然じゃないの？　この数日間、一緒にいるときに、彼がララに望んだものを与えても、何もまずいことなんてないのに。

ララは水からさっと出ると、水際の岩に置いたタオルをつかんで体を拭いた。怖じ気づいてしまう前に、マヌエルを探してリカルドの部屋に連れていってもらおう。ララはそう決心した。リカルドに何もかもはっきりと説明しよう。そうすれば誤解もなくなるし、彼の言い分も理解できる。筋が通っているのだから、リカルドが納得しないわけがないわ。ララはシャツに伸ばした手を止めた。診療所で彼を見たときに感じた、きらめくような喜びのはかない記憶がよみがえってくる。それに安堵。喜びの奥にある感情は安堵だった。ほかには何もない。

どうか、自分に嘘をついていませんように。ララは願った。

ララとマヌエルがリカルドの部屋に近づくと、前に立っていた制服姿の屈強な番兵が直立の姿勢を取った。ララはためらって廊下に立ちつくしていた。

「心配しないで」マヌエルは小声で言うと、ララを前へと押し出した。「ララを困らせるようなことはしないから。兵士はみんなララが誰だか知っているよ」

「そうなの？」もしそうなら、彼らのほうがずっと有利だわ。ララはいらだちながら思った。わたしは自分が何者で、ここで何をしようとしているのか、この瞬間、自分でもわからないのだから。三十分ほど前にした〝もっともな〟選択も、いまでは向うみずでひどくばかげたもののように思えてくる。

マヌエルが真剣な面持ちでうなずいた。「ララがリカルドのものだって、ぼくたちみんな知ってるよ。番兵は通してくれるさ」

「わたしは誰のものでも……」ララは口ごもり、入口に向かった。「あなたも来る？」マヌエルの返事はなかった。ララが肩越しに振り返ると、ふたりが通ってきた通路にマヌエルの姿はもうなかった。

大きな番兵は穏やかにほほえみ、止めることもせずにアーチ型になった入口からララを通した。

リカルドの部屋は恐ろしく簡素だった。なかに入ってさっと見まわしただけでわかった。彼は部屋に置かれた簡易ベッドになかば横たわるように座り、後ろの石の壁にもたれていた。グレーの毛織りの毛布が腰のまわりに無造作に掛けられている。

彼は裸だわ。

ララは立ち止まり、息を飲んで彼を見つめた。リカルドの体は硬く、引き締まり、屈強に見えたが、表情に硬さは見えない。ララの心臓がドキドキと波打つ。あまりにも大きく鼓動するので、ふたりのあいだに距離があっても、リカルドにはララの鼓動が聞こえているに違いない。カラカラになった喉を癒そうとララは唾を飲み込んだ。「こんばんは」

リカルドはあたたかな輝くばかりの笑みを浮かべ、片手を差し出した。「こんばんは、愛《ケ》しい人《リーダ》」

きっと大丈夫。彼は知らない人じゃない。リカルドじゃないの。わたしの気持ちをなだめて落ち着かせ、あらゆる痛みやあさましさを締め出して、美しい世界を築いてくれたリカルド。ララは彼に近づいた。「わたしが来るのを待っていたみたいね」

「待っていたんじゃない……来てくれないかと望んでいただけだ」ララが彼の前にひざまずいた。リカルドの黒い瞳がきらめき、ララをとらえる。「きみのことを当然だと思うつもりはないよ。独房での最後の朝、何か期待するにはあまりにも危険な女性だとわかったからね」リカルドは手を伸ばし、二本の指でやさしくララの下唇に触れた。「だけど、ぼくはいつでもと思っていたよ。念のため言っておくけど」

ララの唇はリカルドの指の下で震えていた。ララは身を震わせ、息を吸い込んだ。「こんなのおかしいわ。どうしてここにいるのかさえわからないのに」

「ぼくはわかるよ」リカルドはララの緑のミリタリーシャツのボタンを外しはじめた。「教えてあげよう」

ララは開いたドアにちらりと目をやった。「もし……」

「誰も入ってこないよ。今夜はきみ以外は誰も通すなとペドロに言ってある」リカルドはララのシャツの裾を両手で開き、しばらく手を止め、ララの胸を見つめた。「完璧だ」ララの肩をつかむとゆっくりとララを引き寄せた。「緊張しているね。リラックスして。正しいことなんだから、ララ。どんなに正しいことなのかすぐにわかるよ」リカルドのあたたかい舌がララのつんと尖った乳首を愛撫し、彼の指がララのこわばった肩の筋肉にくいこむ。「ああ、どんなにこれがほしかったか」

リカルドの唇がピンク色の胸の頂をむさぼるようにはさみ、そっと吸いはじめた。ララはあえいだ。その刺激は言葉にできないほど官能的だった。リカルドの唇が胸を奪い、弄《もてあそ》ぶあいだ、彼の手は彼女の緊張をやわらげほぐしていく。腹部の筋肉がぎゅっと締め付けられ、もっと与えようとララは本能的にリカルドのほうへ体を丸めた。

ほどよい力で噛まれ、体のあらゆる筋肉と毛穴にぞくぞくと興奮が伝わり、ララは声を上げた。

「ああ、きみの声を聞くのが大好きなんだ。こういうときの……」リカルドの指がせわしなくララのベルトを外し、ズボンを緩める。「急ごう、時間がかかり過ぎた」

最初に話をするつもりだったのに。ララはぼうっとしながら思い出した。「あなたに話したいことがあったの……リカルド。これは……」ララは言葉を切った。リカルドの手がズボンのなかに滑り込み、腹部を通ってララの敏感な部分に触れた。彼の長く硬い指がなで、探り、こするあいだに、彼の口がララの右胸を包んだ。あとにしよう。彼にはあとで話そう。ララは思った。いまはリカルドを受け入れなくてはいけない。

「服を脱いで」顔を上げたリカルドの目はうつろに熱を帯びていた。「きみを見たい。どうしても……」

ララはあっと言う間にすでに服を脱ぎ捨てていた。リカルドと結ばれるために、彼と同じぐらい熱を帯びて。

「まだだめ」リカルドがリズミカルに動きはじめるのを感じながら、ララは震えながら笑った。「だめよ……」彼の背骨が上向きに曲がり、指が深くくいこむ。ララは目を閉じ、かすれた声で最後の言葉を漏らす。「待って」

「待てないよ。きみはこんなに繊細で……」リカルドの胸が呼吸で上下している。リカルドは毛布を脇に払いのけると、ララを引き寄せまたがらせた。「どうにでもなってくれ」

リカルドはでララを深く貫いた。

ララの頭は後ろに倒れ、髪の毛が背中を流れ落ちる。リカルドがララのなかで大きく硬く躍動していた。ララは叫び、あえぎ、体を動かしたかった。

だが、ララの腰に置かれたリカルドの両手が彼女を動かないように押さえつけ、彼自身を深くぴったりとララのなかに入ったままにした。リカルドのざらざらした男らしい毛が、ララの腿の奥のやわらかい場所をかすめている。ララの胸は膨らみ、情熱の波が次々とララに押し寄せ、喉から低く鋭い叫び声があふれ出てくる。ララは我を忘れていた。無力だった。彼のなすがままだと感じていた。

　ララは目を開け、夢心地で彼の顔を見下ろした。「リカルド」

　強烈な快感でリカルドの顔が歪んでいる。「あまりにもよすぎて痛いぐらいじゃないか?」彼はささやいた。「ぼくたちはこんなふうに結ばれる運命だったんだ。そう感じないかい?」

　リカルドは動きはじめた。ふたりの喜びのためにぐいと突き上げララを動かした。猛烈な速さで、激しく深く。熱狂を帯びた感情の高まりを見せながら。

　高まりが頂点に上りつめ、頰に涙が伝うのをララは感じた。

　リカルドは両手でララの胸を包み、雄馬のように荒々しく、かまどのように熱く、腰を上へ力強く跳ね上げた。その表情は一心不乱だった。ララが思い描いた以上にリカルドは与えていた。

「いまだ、ララ」リカルドは目を閉じた。息をするたび、動きはより激しく、情熱的になっていく。「いまだ!」

　ララは叫んだ。燃えるような高まりがララに押し寄せ、あらゆる筋肉が痙攣していた。

　ララの解放感はあまりにも強くて、息ができないほどの力でリカルドがララをしっかりと抱き寄せたとき、彼の低いうめき声にララはぼんやりと気づいただけだった。

　ララはリカルドに体を預けた。頭はくらくらし、放心状態だ。すべての筋肉から力が抜けていた。

「ぼくのもの……」耳もとでささやくリカルドの声はとてもやさしく、ほとんど聞き取れないほどだった。そっとララの髪を顔からかきあげ、リカルドはつぶやいた。「いまきみはぼくのものだ、愛しい人《ケリーダ》」

ララはパニックに襲われた。何か言わなければいけない。彼に愛しい人だなんて思わせることはできないのだから。ララは再び体を起こし、息を整えようとした。「違うわ。そんなものじゃないの」勇気を奮い起こしてリカルドを見下ろしたとき、ララの声は震えていた。

「あなたのことは愛していないわ、リカルド」

リカルドの動きが止まった。「きみはぼくを愛している」

ララはかぶりを振った。「あなたを大事に思っている。たぶん、ちょっぴり心を奪われている。だけど、愛してはいないの」

彼の表情から喜びが消え、再びよそよそしくなった。リカルドはララを持ち上げて膝から離し、ベッドの上の自分の横に座らせた。顔に浮かんだ表情と同じように、用心深い調子で彼は言った。「だったら、きみの体を贈り物としてぼくに与えようと決めたのはなぜなのか、教えてくれるかな？　きみはこんなふうに、セックスのためだけに身を委《ゆだ》ねるような女性ではないだろう？」

急に震えているのに気がつき、ララはウールの毛布を肩まで引っ張り上げた。「あなたはひとりぼっちだった。何か自分のものがほしいとあなたは言っていた」

「一晩だけの関係ではない」リカルドは沈んだ表情で笑った。「ぼくが言っていたのはそんなことじゃないんだ」

「あなたを幸せにしてあげたかったの」ララはそわそわしながら髪に指を滑らせた。「ああ、わからない。いまあなたをひとりにしたくなかっただけなの。あなたが……」ララは途中で口を閉じた。

「ぼくが殺されるかもしれないときに？」リカルドは起き上がって、石の壁に寄りかかり、無表情でララを見つめた。「だから、ぼくをかわいそうに感じ、餌《えさ》を投げてやろうと思ったのか」

「いいえ、そうじゃない」

「なら、どういうことだ？　教えてくれ」

「わたしは……」ララは言葉を切り、舌で唇を湿らせた。「どうしてこんなふうにわたしを追及するの？　とことん分析するのはやめて、わたしたちが得たものをなぜ受け入れられないの？」

「きみがぼくに差し出しているものよりも、もっとたくさんほしいからだよ」リカルドの声の調子は荒々しく、ぴんと張り詰めていた。「いまいましいお情けなんかほしくない。きみに愛してほしいんだ」

ララは困惑してリカルドを見つめた。目が涙で光る。

リカルドの表情はやわらぎ、歪んだ笑みを浮かべた。「きみに与える必要があると言った。だけど、ぼくが与えなくちゃならないものを、受け取る心の準備は——まだだったんだね」顔をしかめる。「いまきみが差し出しているものを受け取らないなら、ぼくは愚か者だ。いまからバルバドスに送り返すときまで、ぼくのベッドを喜んで占領しようと言うんだろう？」

ララは無言でうなずいた。

「じゃあ、贈り物を受け取ることにする」リカルドの唇が歪んだ。「そそられる包装紙にくるまれてやって来た施しをつっぱねる者なんていないよ」

リカルドを傷つけてしまった。後悔の念に心を痛めながら、ララは思った。傷つけるつもりなんて決してなかった。ララが彼の苦痛に追い打ちをかけなくても、彼の人生は充分悲惨だったのに。ララは急にリカルドの腕のなかに戻りたくなった。彼を抱きしめ、そして伝えたい……。

伝えるって何を？　あまりにも多くをすでに与えてきたじゃないの。そして、彼と一緒に過ごすたびに、さらに差し出しているじゃないの。

「そんなに怯えたような顔をしないで」リカルドは目を細め、ララの顔を見つめる。「きみは約束してくれた。もう取り消すことはできないよ」

ララは努力して笑顔を見せた。「取り消したりはしないわ。どうしてわたしが怯えなくちゃいけないの？」

リカルドは顔をこわばらせ、まじまじとララを見た。「たぶん、深く関わり過ぎたと、きみが急に気づいたからかな？」

ララはリカルドから顔をそらし、毛布をぎゅっと握りしめた。「あなたを愛してはいないの、リカルド」

「そうかな？　ほんとうは愛しているのに認めようとしないだけだと思うけど。ぼくを愛すれば、きみが自分のために計画した、快適で心地よい生活の邪魔になる。それは恐ろしいことだ。きみが思うにぼくは……」

「愛してはいないの、リカルド」ララは語気を荒らげリカルドの言葉を遮った。「どうして信じてくれないの？」

「信じられないよ。そんなのつらすぎる」リカルドは素直に告白した。

ララは目頭《めがしら》が熱くなるのを感じた。「そんなの、ずるいわ。こんなこと、まったく望んでいなかったのに」

「わかってる」リカルドは手を伸ばし、ララを腕のなかに引き寄せ、肩のくぼみにララの頬を押しつけた。「かわいそうに」腕をしっかりとララにまわし、ララを前後に揺らした。「安全な自分の場所から冷たい世界にさまよい出たときに、きみが手にしたものがこれなんだよ」

リカルドの腕のなかにいて耳で彼の鼓動を聞いていると、世界は冷たくなかった。彼に抱きしめられていれば、冷たさも孤独も存在しない。彼から体を離さなくては。ララは夢見心地で考えた。リカルドを体のなかに受け入れたときよりも、いまのほうがもっとつながっている気がする。

リカルドの唇がララのこめかみをかすめる。「心配しないで。ずっとあたためてあげるから。二度ときみを傷つけるようなことはしない」

「そんな約束はできないはずよ。誰もが自分の幸福に責任を持っている」ララは小声で言った。「自分の重荷は自分で背負うわ」

「愛があるときは違うよ。愛があれば責任は特権なんだ。重荷ではない」

また、愛だ。ララのなかで不安が湧き上がる。「その話はしたくない……」

「しーっ。大丈夫だよ」リカルドは再びララの体を揺らしていた。「もうその話はしない。心の準備ができたときに、きみを待っているものがあるとわかるだろう。いいね？」

いいわけがない、とララは思った。彼を愛することはないもの。でも、リカルドはそれを受け入れない。これ以上リカルドを傷つけたらどうなってしまうの？

「また心配しているね」リカルドは曲げた指でララの顎を持ち上げ、目を覗き込んだ。「大丈夫だ。保証するよ。ぼくは強いんだ。ぼくに起こるどんなことも受け入れられる」

リカルドは強かったが、同時にやさしく、ララのあらゆる考えや感情にとても敏感だった。ララが彼を見上げた。喉がひりひりと締め付けられる。「ほんとうに?」

「ほんとうだ」リカルドのあたたかい唇がララの唇の上でやさしく左右に動いた。「だけど問題は、きみに起こることを、きみがなんでも受け入れられるかどうかだ」

ララは警戒して体をこわばらせた。「どういう意味?」

「脅すつもりはないよ。今夜、きみを最大限に利用するつもりだってことだよ」リカルドの手がララの顎から離れ下に伸び、胸をくるんでいた毛布を剝ぎ取った。「あのろくでなしのフラードが舌なめずりしながら聞き入っているときに、きみの性教育を続けたくなかった」彼の顔が下がっていき、唇がララの胸の上の部分をこすった。「いろいろな愛し合い方がある。それは途中でちょっとした言葉の説明が必要なんだ」

リカルドは精神的な苦労ではなく、肉体的なことを言っていたのだとララは気づき、安堵が駆け巡った。欲望は束の間。欲望は安全だ。ララは笑顔になって明るい声で言った。「わたしはいつだっていい生徒よ」

「すばらしい」リカルドは毛布を脇にのけ、ララをベッドに寝かせ、うつぶせにした。硬い手のひらがララのヒップをやさしくつかんでなでる。「きみの言葉を信じないわけではないけれど」リカルドはララの上に移動し、唇で肩甲骨のあいだの肌を愛撫した。ゆっくりと体をこすりつけて、ララに体の感触を感じさせる。やわらかな胸毛。筋肉の発達した腿の固いどうかな？」

腱。もっと固く、もっと熱い、興奮した下腹部。「徹底的な試験をいくつかやってみるのは

「外に行っていたのね」リカルドがララの寝ている毛布のなかへ滑り込み、ララを腕のなかへ引き寄せたとき、ララは眠い目を開けた。リカルドはララの上で暗い影になり、火明かりに黒髪が輝いている。ララが体をもっとすり寄せると、彼が服を着ていることに気がついた。

「パコと作戦会議室にいたと思っていたわ」

「どうしてぼくが外に行ったとわかる？」リカルドは屈んでララのこめかみにキスをした。それから体を起こし、ララの横に片肘をついてララを見下ろす。

「風と木の葉の匂いがするもの」ララは彼の香りを吸い込んだ。「すてきだわ。暗くてかび臭い鍾乳洞よりずっといいでしょうね」

リカルドの動きが止まった。「この鍾乳洞にいるのはうんざりなんだね？」

「ときどき。わたしは太陽が大好きなの」急にララの表情がこわばった。「なぜ外に行ったの？　また攻撃？」

「攻撃じゃない。サン・エステバンの村に行ったんだ。ここから八キロほどのところだ」不意に彼の黒い瞳がいたずらっぽくきらめいた。「ある女性に会いにね」

「やきもちを焼かせようとしているの？」ララの唇が引っ張られて笑顔になる。「あんなに

一生懸命わたしを忙しくさせておいて、さらに求めて村にあさりに行く必要があるなんて信じられない。いくらあなたでも、そこまでのスタミナは持っていないでしょう？」

「きみがぼくの新聞記事を見ていないのはよくわかったよ。スーパーマンだっていう評判なんだぞ」

「じゃあ、そうなの？」

「違うよ。ただの人間さ」リカルドはララの喉のくぼみに唇を寄せた。「だけど、きみといるときは別だ。きみはぼくに巨人になったように感じさせてくれる」

気分が高揚し、ララの胸が固くなった。話ができるように、ララはぐっと唾を飲み込んだ。

「わたしが？」ララは手を伸ばし、リカルドの髪をなでた。「すてきだわ」

リカルドは顔を上げた。「誰に会いにいったか訊かないのかい？」

「どうして？　どっちみち話してくれるのはわかっているのに？」

「ローサ・サルドーナだ」リカルドは毛布を脇へ払い、体を起こした。「サン・エステバンの市長の妻でね。この上なく趣味のいい愛すべき女性だよ」

「それはよかったわ」

リカルドはため息をついた。「きみはおかしな女性だね。嫉妬しないまでも、少なくとも多少は興味を持つものじゃないか？」

ララは体を起こし、剝き出しの肩に毛布を掛けた。こんなリカルドを見たことがない。何歳も若く見え、茶目っ気たっぷりで、子どもじみた熱心さがある。ララはやさしく笑いかけた。「わかりました。興味があるわ。この上なく趣味のいい愛すべきセニョーラ・サルドーナに、どうして会いにいったの？」

「これをきみに渡したかったからだよ」リカルドは後ろに手を伸ばし、ベッドの横に置かれた紙袋を持ち上げた。「ぼくは買い物に行くことはできないけれど、サルドーナ家とは家族同然のつきあいだし、きみは気にしないと思ったんだ……」紙袋をララに差し出した。「開けてみて」

ララは困惑してリカルドを見つめ、ゆっくりと袋を開けてなかを覗いた。

黄色のベルベット。日光のように明るく、夜のようにやわらかだ。

ララが袋のなかに手を伸ばして引っ張ると、うっとりするようなレモンイエローの丈の長いワンピースが現われた。驚きの目で見つめた。

「立ってごらん」

ララが立ち上がると、毛布が石の上の灰色の水たまりに落ちた。「きれいだ」リカルドはそうつぶやいて、ララの左胸の上の膨らみに軽くキスをした。「ベルベットよりやわらかい」

「なぜわざわざこんな面倒なことをしたの？」

リカルドはワンピースを手に取って広げた。ララはたっぷりとした幅広の袖に手を通す。

「きみの髪が黄色に映えるのを知っていたから。まぶしいほどたっぷりと日の光が輝いているというわけさ」リカルドはララのウエストで紐を結び、襟から長い髪をすくい出して整えた。「これでいい。さあ、きみはまるでプリンセスだ」

「なぜなの、リカルド？」ララはまた尋ねた。

彼の笑顔が消えた。「何かきみにあげたかったからだよ。間違いなく、きみはそれをもらって当然だから。ぼくはきみを太陽から遠ざけて、暗い鍾乳洞に閉じ込めている。食べ物はひどい。きみの生活には明るいものも、おもしろいものもない。古着のワンピースがたいしたものじゃないことはわかっている。だけど、できれば……」

「文句なくすばらしいわ」ララは涙を抑えようとまばたきをした。「まともな人間なら、あなたがおもしろみのない人だなんて言えないわね」ララはやわらかいベルベットでできたワンピースの身ごろに触れた。「最高よ」

「ほんとうに？」彼の態度は不思議なほどぎこちなかった。「十年以上誰にも贈り物をしたことがなかったんだ。母はプレゼントされるのが好きで、きみもそうかと思ってね」

「わたしも好きよ」ララはくるりと回った。ベルベットのワンピースのたっぷりとした裾がララのまわりで回る。「すごくいい気分だわ。家ではブレットのお古のTシャツを着て寝てるのよ。わたしは、あなたのセニョーラ・サルドーナのような上品なタイプではないけど」

「よく似合っている」リカルドは腕のなかにララを引き寄せ、さっとキスをしてから離した。

「ほかにも持ってきたんだ」紙袋に手を伸ばし、赤ワインのボトルとグラスを二個取り出した。「ぼくたちのお祝いをしよう」

「お祝い?」

「一週間目の記念だ」リカルドはララにグラスを手渡しワインを注ぐと、自分のグラスにも注いだ。「千と一日以上になりますように」彼はほほえんだ。「希望を持ったアラビアンナイトのシェヘラザードみたいだろ?」

ララは無意識のうちに緊張した。「それは長い時間ね。アラビアンナイトの物語は千一夜かかったけど、わたしたちはたったの一週間じゃない」

「だからぼくは欲深いのさ」リカルドはワインのボトルを床に置いた。「さあ、座ってワインを飲んで」ララを下に引っ張って座らせ、小さくパチパチと音をたてる火の前で両手で抱いた。「よければぼくがシェヘラザードになって、物語を語ってあげよう」

ララはリカルドにゆったりともたれかかる。「どんな物語?」

「きみが好きなものならなんでも。きみはぼくに一週間くれた。ぼくはケチじゃないから、きみが選ぶものはなんでもあげるよ」リカルドはしばし考えた。「できたら物語じゃなくて、詩はどうかな?」

「あなたの詩?」

リカルドは首を振った。「最近のぼくの詩はみんな暗すぎると思うよ。以前からぼくはロバート・ルイス・スティーヴンソンが好きでね。彼の詩には強烈な活気と真実がある」彼は詩をそっと暗唱した。

信ずべく、色浅黒く、生き生きと、誠にあふれ、
黄金《きん》のように又茨にむすぶ露さながらに輝く瞳、
鋼《はがね》の確かさを刃《は》の直さ持つ、
偉大な造物主《かみ》は
私の伴侶《とも》をこのように作りたもうた。

節操《みさお》と憤怒《いかり》、勇気と情熱《ほのお》
生きる難さに倦《う》むこともなく、
死も消さず、悪も揺るがしえない愛、
力ある主は
私の妻にこれらをば与えたもうた。

しばらくのあいだララは黙っていたが、やがて静かに口を開いた。「初めて聞いたわ。美しい詩ね」
「それ以上だよ。きみのことなんだ」ララが何も言えずにいると、リカルドは無理に笑顔を

作って言った。「ワインを飲んでないじゃないか。とてもいい年のワインだとローサが言ってたのに」リカルドの唇が歪んだ。「ぼくには知る由《よし》もないけどね。いいワインなんてずいぶんと味わってないから、違いがわからない。牧場で母が注いでくれたのを覚えて……」彼はそこで言葉を切り、グラスを唇に当てた。「来年はもっといいワインをもっと何度も飲もう」

「きっと来年は違った年になるわ。あなたの戦争に勝つためには、もう一度軍事行動を起こせば終わりだと言っていたわね」ララはワインを口に含んだ。リカルドが言うようにいいワインだった。繊細な切れ味とこくがあった。「おそらく、来年の今頃には戦争が終わっていて、あなたは牧場に帰れるわ」

リカルドは頭を横に振った。「帰れるかどうかわからない」

「どういう意味？」

「ぼくは大人になってからずっと兵士だった。それだけしか知らない。武器を置いて、人生をやり直すには、どうすればいいんだろう」

「兵士でいることが好きみたいな言い草ね」

「嫌いだよ」リカルドはルビー色をしたグラスのなかを覗き込んだ。「だけど、それがぼくなんだ。近頃では兵士以外の自分がどんな人間なんだかわからないよ」

「牧場で生活するのは好きだったの？」

「ああ、父のような牧場主にはならなかっただろうけど、牧場の仕事と外にいるのは好きだった」リカルドは一瞬ためらった。「それと平和も。牧場の静けさと平和が好きだった」

「だったら、どうして戻れないの？」

「あまりにも多くのことを見てしまったからね。子どもの頃は、夕暮れどきや海や山を題材によく詩を作ったものさ。だが、いまぼくが見ることができるのは人間だけだ」

「よくわからないけど」

「海洋汚染、鉱山業者によって掘削された山、スモッグでくもった日没なら見ている。美しいものではなく難題しか見えない。もはや自分のためだけに生きてはいけないんだ」リカルドはララの耳にキスをした。「ほかの時代に戻れたらと思うよ」

「まあ、そうさせてはくれないでしょうね。みんなはあなたに大統領になってほしいんだってドクター・サラサールが言っていたわ」

「たぶんね」

「それについては、〝たぶん〟ではないわ」ララはまたワインに口をつけた。「同志たちがあなたをどう思っているかわかっているでしょ。あなたは伝説なのよ」

「伝説になるなんてうんざりだ」リカルドの手がグラスを握りしめる。「ひょっとすると、きみの小さな町へ逃げていって、セント・ピエールの存在を忘れてしまうかもしれない」

「あなたにそんなことはできないわ」ララは彼を見ないようにした。「だって、あなたはセント・ピエールそのものだと、以前にパコが教えてくれたもの」

「すばらしいじゃないか」やけ気味にリカルドが笑った。「いまやぼくは伝説であるだけでなく、血なまぐさい国全体なんだな」

ララは顔を上げてリカルドを見つめた。今夜の彼の様子はおかしい。少年のような歓喜と絶望のあいだを行ったり来たりしている。彼は揺るぎない強さと決意を持ち、いつも完璧な分別があった。それなのに、いまはもっと人間的で傷つきやすいリカルド・ラサロの顔を見せている。ララは不意にやさしさが込みあげてきた。こんなふうに感じてはいけない。日々ふたりはどんどん親しくなり、毎晩ますます情熱的になっている。終わりはどこにあるのだろうか？　ララはわざと明るい調子で言った。「パコが言ったのよ。わたしじゃないわ。わたしが考える限り、英雄でいるのって少し居心地が悪そうね。わたしだったらそんな向うみずなことはしないわ」

「知ってるよ」リカルドの唇が苦々しく歪んだ。「きみが望むものは、小さな町と犬と湖だけだって」

「そうよ、それがわたしの望むものなの」しかし、それを強く望んでいるのなら、そのよく知っている光景がいまやはるかに遠のいてしまい、夢のように思えるのはなぜなのかしら？　唯一の現実はこの鍾乳洞で、パコ、マヌエル、ドクター・サラサール、そしてリカルドと共に存在している。いつもリカルドと一緒に。

「ワインを飲み終えた？」

「ええ」

リカルドはララからグラスを取り、火を取り囲む平らな石の上に自分のグラスと一緒に置いた。「寝る時間だ」

「お祝いは終わり？」

リカルドは立ち上がり、引っ張ってララを立ち上がらせた。「いいや」ララのローブの紐を解きはじめる。「お祝いは始まったばかりだよ、ケリーダ」

7

「リカルド、待って。息ができないわ」ララは大股で歩くリカルドに合わせようとしたが、どうすることもできずに笑った。リカルドがララを引っ張って、迷路のような鍾乳洞の曲がりくねった通路を歩いていく。「どこに行くの？」

「いまにわかるよ」リカルドは振り返ってララを見つめほほえんだ。「サプライズだ」

「また？　お祝いごとが好きなのね？」

「昨日の夜はぼくたちが一週間経ったお祝いだった」

「それで今日は何かしら？」

「新しい一週間の一日目だよ。それをきちんと始めるべきだと思うんだ」リカルドは角を曲がった。「外だ」

太陽の光だわ！

ララは通路の途中で立ち止まり、澄みきった朝の光をしっかりと見た。通路の端の開いたところから朝日が差し込み、変わることのない薄暗い鍾乳洞を照らしていた。爽快な気分がこみ上げてくる。いかにお日様の光が恋しかったか、この瞬間までララは気づかなかった。

「外に行くのね?」

リカルドの視線がララの顔をとらえた。まるで彼女の反応に見とれているかのようだ。

「太陽の光が恋しかったと言ってただろう」

「そうだけど、安全なの?」

「少しのあいだだけだ」リカルドはララを正面の出入口へ引っ張っていった。「あまり長居はできない。アビー刑務所を攻撃して以来、スナイパーが丘を下りてきているという報告があるからね」

洞窟の出入口を隠している、木の葉でできた衝立《ついたて》の後ろにララは立ち、日の光に顔を向けた。うれしさのあまりため息をつく。「すてき」

「毛穴から光を吸収しているみたいだ」リカルドは笑った。「ベルベットのワンピースよりも、こっちのほうが好きなんだね」

ララは深く息を吸い込み、露に濡れた葉と土の香りをかいだ。数メートル離れた熱帯雨林のジャングルに咲くランの香りも。「昨夜ふたりで飲んだワインよりも、くらくらさせられるのは確かかね」ララは心配そうにリカルドをちらりと見た。「ほんとうにあなたは安全なの?」

リカルドはララの手を取りうなずいた。「パコが三人の警護の者を湖へ送った。スナイパーがいる気配があれば、彼らが警告してくれる」

「湖？」

リカルドがにっこり笑った。「小さな町も小さな家も用意できないけど、湖ならプレゼントできるよ」鍾乳洞の出入口からジャングルへとララを連れ出した。「ここからたったの五分なんだ」

湖の青さにララは目がくらんだ。熱帯雨林に縁取られ、緑の丘に囲まれた湖は、強い日差しの下で宝石のように輝いていた。

「鍾乳洞の池より水はあたたかいよ。泳ぎたい？」リカルドが尋ねた。

「泳げるの？」

リカルドはララの熱心な表情を見て、やさしい笑顔になった。「きみはね。ぼくは湖のほとりに座って、きみを見ているよ」

「泳ぎたくないの？　よく我慢できるわね」ララはそう言いながら、すばやくブーツと靴下を脱いだ。「本物のお日様の光とあんなに美しい水があるのに」

リカルドは苔《こけ》むした土手に腰を下ろした。「シャツは着たままで。警護の者たちに無料のショーを見せてやりたくないからね」

ララはズボンを脱ぎながら、あたりを見まわした。「その人たちの姿は見えないけど」

「きみは見えなくていいんだよ。ぼくの言葉を信じて。彼らはちゃんといるから」

シャツの裾を腿のまわりではためかせながら、ララは湖に向かって走っていった。矢のようにまっすぐに湖に飛び込み、水面を切り裂いた。力強い平泳ぎで湖を進む。

水は気持ちいいほどに冷たく、絹のように心地よく肌に当たった。

「あまり遠くに行くなよ」リカルドが声を上げた。

ララはしぶしぶ向きを変え、リカルドのほうへ戻った。「永遠に泳いでいられるわ」ララはうれしさのあまり叫んだ。「ああ、リカルド、ありがとう」

リカルドの顔が曇った。「きみは簡単に喜ぶね」

「どういう意味かしら？　わたしだけの湖、太陽、ジャングルに生えるランがあるのに」ララは恐る恐る片足で湖の底を探し、探り当てると、まっすぐに立った。顔を上に傾けて濡れた髪を振る。

「とても気に入ったわ」

「見ていてわかるよ」リカルドはララにほほえみかけ、水面に反射する日の光に目を細めた。

彼はなんて美しいの。

ララは水面から顔だけを出して立って彼を見た。リカルドは膝の前で両手を組んでいる。ララがよく知っている座り方だ。独房での彼は、気持ちを集中させている落ち着いた男だった。昨夜は子どもっぽい、傷つきやすい恋人だった。戦う詩人でもあった。リカルドを見つめていると、突然彼のすべてがララにとってひとつになった。疑念や選択を吹き飛ばし、長いあいだ求めていた、たったひとつの真実以外をすべて打ちのめした。

ああ神様、彼を愛しています。

「ララ？」リカルドは視線をララにじっと注いだ。彼女の表情を見ているうちに、体の筋肉がこわばってくる。

こんなときに——ララは首まで冷たい水に浸かり、リカルドは数メートル離れた土手にいるときに——こんなにも重要な真実が胸をぐさりと突き刺すなんて。ララはリカルドのところへ戻りはじめた。ララとリカルドを隔《へだ》てている重たい水のなかを急いで進もうとする。

ララが湖のほとりに着くと、リカルドは水際に立って手を差しのべた。そして、ララを引っ張り上げて横に立たせた。

濡れたシャツが彼女の体に張り付いていたが、リカルドの両手が頬を包んでいたので、ララはほとんど寒さを感じなかった。リカルドがララの目を覗き込む。「いいんだね？」そっとささやく。

ララは言葉を発することができなかった。彼をただ見つめ、こんな引き返せないところまでなぜ来てしまったのだろうと思うことしかできなかった。

リカルドの顔がゆっくりとララのほうへ傾きながら、喜びが彼の表情を輝かせていた。

「ケリーダ、これはきみが……」

パーン！

リカルドの体がガクンと倒れた。

シャツの左上が血で赤く染まっている。「伏せて!」リカルドはララを数メートル先の茂みに押し込むと、地面に押し倒し、ララの上に覆いかぶさった。

発砲だ!

リカルドが撃たれた! 血が流れている。

ララはようやく何が起きたか気づくと、パニックに襲われ息ができなくなった。スナイパーはジャングルの木のあいだから発砲したのだ。「起こしてちょうだい。あなたは怪我しているわ」

「じっとして」リカルドの体が重くのしかかり、ララを地面に釘付けにして動けないようにしていた。「まだそこにいる」

さらなる銃声。

どこから発砲されたのか、誰を狙っているのか、ララにはわからなかった。リカルドの体がララを覆っている。もしかしたら、銃弾が彼の肉を引き裂くかもしれない。「だめ!」ララは激しく抗って、なんとか彼の大きな体の下から抜け出し、膝をついた。一目見てリカルドは一度しか撃たれていないようだとわかったが、傷の程度はわからなかった。「鍾乳洞にあなたを連れていかなくては」

「待つんだ!」リカルドの手がララの肩を押し、立ち上がらせないようにした。「スナイパーがひとりかどうかもわからないんだぞ」

「かまわないわ」ララの頬を涙がつたった。「きっと血が止まらずに死んでしまう。大変だわ」

「動脈には当たっていないと思うし、弾は貫通した」リカルドは急にショックで真っ青になり、顔をこわばらせた。「ちょうど肩を貫通したんだ」だるそうに繰り返す。

ララは急いでリカルドのシャツのボタンを外していたため、彼が何を言っているのかほとんどわからなかった。「鍾乳洞から出るべきではなかったのよ。わたしがあなたにこんなことをさせるべきでは……」

「リカルド！」パコがふたりのそばに立っていた。パコの顔はリカルドとほとんど同じぐらい青ざめていた。「くそっ、だから危険だと言っただろう」ふたりのそばの地面の上に膝をついた。「ひどいのか？」

「なんでもない」リカルドはララの手を押しのけ、膝立ちになった。「捕まえたか？」

パコはうなずいた。「スナイパーはひとりだった。鍾乳洞へ連れて帰って、ドクターに診てもらおう」パコはリカルドを手伝って立たせ、守るようにリカルドのウエストに手をまわした。「まったく《ディオス》もう！　どうかしている。セント・ピエールで一番狙われている人とあなたが、泳ぎに来る必要があるだなんて」パコはかぶりを振った。「それも真昼間に」

リカルドは泳いでいなかったわ。ララは思った。彼は湖のほとりに腰を下ろし、わたしを見つめて守っていた。危険がどれだけ大きいか知っていたから。

「もう黙れ、パコ」リカルドは疲れたように言った。「ぼくがどうかしているかなんて教えてもらう必要はない。できるだけ最も効率的な方法でぼくを連れ帰ってくれさえすればいい」リカルドはララから視線をそらせながら、パコになかば体を預けるようにしてジャングルを通る道を歩いていく。「服を着て、ララ。誰かに鍾乳洞まで連れて帰らせるようにするから。迎えにくるまでここにいるんだ」

「あなたと一緒に行きたい」

リカルドは答えず、すぐにジャングルのうっそうとした茂みの影に消えていった。

ララは困惑して彼の後ろ姿を見つめた。拒絶され、締め出され、ひどく孤独になった気がした。

二時間後にリカルドがララの部屋にやって来たとき、彼の態度はさっきとまったく同じだった——よそよそしくて、冷たくて、完全に感情を押し殺していた。

「パコがスナイパーを尋問した。鍾乳洞の場所は漏れていなかった」

「それはよかったわ」ララは石の壁に寄りかかりながら、そわそわと神経質に指を組んだ。

「スナイパーが報告をしなかったら、軍事政府は別の誰かを送るのかしら?」

「おそらくね。だけど、一日か二日は大丈夫だろう。きみを外に連れ出す時間はある」

ララは凍りついた。「なんですって？」

「きみをバルバドスへ連れていくために、ヘリコプターを無線で呼ぶようパコに言った」

ララは言葉を失ってリカルドを見つめた。

「暗くなったらすぐにヘリコプターが島に着く。さあ、準備をして」

「どうしてなの？」ララは小さな声で尋ねた。

「それが一番いいんだ」

ララはぱっと立ち上がった。「〝一番いい〟ってどういう意味？　いったい誰のために一番いいのかしら？　それに、なぜあなたはおかしなロボットみたいな態度をとっているの？」

「ロボットみたいな態度なんかとっていないよ。責任のある司令官としてふるまっているんだ」リカルドの唇が歪んだ。「ようやくね。きみがそれを認めなくても驚かないよ。きみをここへ連れてきてからは、わざとらしいわがまましか見せていなかった。性欲のせいで分別をなくしているようにふるまっていたんだ。五カ月も投獄されたら、革命を指揮していない者には言い訳になっただろうが……」

「性欲？　あなたにとってわたしはセックスの相手でしかなかったと言っているの？」ララはかぶりを振った。「あなたの言葉が信じられないわ」

「どうして？　それ以上のものではないと言ったのはきみ自身だぞ」

「だけど、それは……」ララは口をつぐんだ。それは、リカルドがララの生活の中心だと気づく前のことだった。リカルドを愛しているとわかる前のことだ。もちろん、ララが彼を愛しているからといって、彼がいまでもララを愛しているというわけではないかもしれない。この世で公平に表われるものなんてほとんどないのだから。「愛してると言ったでしょう?」「ぼくが間違っていた。感謝とセックスを別のものと取り違えていたんだ」リカルドは肩をすくめた。「ぼくは九年間も狂乱のなかを切り抜けてきた。だから、何かまともで本物のものを得ようとしていたんだと思う」

リカルドの言葉が苦しいほどぐさりとララの胸に突き刺さる。「どうしてこんなに突然、責任感を表面に出すようになったのか訊いてもいいかしら?」

「銃弾が肩を貫通すれば、自分の責務をしっかり思い出すようになるさ。もう二、三センチずれていたら、ぼくは死んでいた」

傷口から血が流れているのを見た瞬間を思い出し、ララは身震いした。「そうね」

「それに、いま勝利がもうすぐ手の届くところにあるというのに、ぼくが死ねば決定的な後退になる。パコが言うほどぼくが革命に重要だとは思わないがね」リカルドは自己嫌悪を感じてかぶりを振った。「きみに日光浴をさせるだけのために、この九年間、獲得しようと戦ってきたものをすべて危険にさらしてしまったんだ」

「知っていたら、させなかったわ」やっとのことでララの唇から言葉が出てきた。泣くものか。リカルドに苦しみを見せてはいけない。「こんなこと、決して起きてほしくなかった」

「起こってしまったんだよ」リカルドはララの左肩の先にある、ゴツゴツした壁を見つめた。

「出発する前に何か食べたほうがいい。長時間の飛行《フライト》になるから」

食べ物。リカルドは食べ物のことを言っているの？　「何か忘れていない？」

「そうは思わないけど」

「もしわたしが妊娠していたら？　そもそもわたしに残るように言ったのは、それが理由だったんじゃなかったの？」

リカルドはたじろいだ。リカルドの視線がララの顔に移る。「もちろん、気にしているよ」ぎこちなく答える。「そうなったら知らせてくれるのを待っている」

「そんなことしないわ」不意に怒りがこみあげてきて、一瞬にしてララの苦しみを消し去った。「子どもはわたしの子どもだと、以前にも言ったでしょう。あわてて来て、重荷を負いたいかどうかなんて、選択を迫ったりしないわ。もう結構よ」

「ぼくには面倒をみる責任が……」

「あなたの責任なんてどうでもいいの。うんざりなの、あなたの……」ララは言葉を切って、くらくらする頭を横に振った。これはすべて間違いだわ。こんなことはあり得ない。湖での瞬間、あんなに確かだったのに。ララは顔を上げ、慎重に口を開いた。「嘘をついているんでしょう？　単なるセックスじゃなかった。わかっているの」

「違う。きみが正しかった。夢だったんだよ。だけど、いまはその夢から覚めるときなんだ」リカルドは悲しげにほほえんだ。「郷愁も感じていた。きみはとても特別な女性だよ。昔の生活をぼくに思い出させてくれた。美しい記憶をよみがえらせてくれたんだ、ララ。そのことに感謝している」

昨夜の会話を思い出し、リカルドの言葉どおりだとララは思った。彼のことを愛していると、なぜもっと早く気づけなかったの？　過去を恋しく思う気持ちを何かに変えることができたはずだ。いまとなっては遅すぎる。「どういたしまして」ララはそっけなく言った。「あまり気にしないで」

「鍾乳洞のそばの空き地にヘリコプターが着陸する。到着の一時間前にパコに呼びにいかせるよ」リカルドは口ごもった。「きみはたくさんのことをぼくたちにしてくれたが、頼みたいことがもうひとつある。マヌエルだ。あの子を一緒に連れていってくれないか？　攻撃が始まったら、あの子にとってここも安全ではなくなる。戦争が終わり次第、マヌエルを呼び寄せることを約束するよ。あの子がバルバドスにいるあいだの費用も……」

「もちろん連れていくわ」ララはとげとげしい口調でリカルドの言葉を遮った。「だけど、あなたのお金は受け取らない」

リカルドはうなずき、ドアのほうを向いた。「さようなら、ララ」

「待って」

リカルドが肩越しに振り返る。

「ちゃんと言って」ララは必死に言った。「あなたの口からちゃんと聞かなくちゃ。わたしの目を見て、わたしのことを愛してないと言って」

リカルドは長いあいだ黙っていたが、振り向いてララと顔を合わせた。ララの目をまっすぐに見つめ、ゆっくりと、一語一語はっきりと言った。「きみのことは愛していない、ララ」

痛みが体を駆け抜け、ララはぎゅっと目を閉じた。

リカルドがつぶやくような小声で何かを言っているのが聞こえたが、すぐに彼が立ち去っていく足音が石の上に響いた。


空中でホバリングしていたベージュと赤のヘリコプターが、草の上に着陸した。

マヌエルは駆け足で空き地を横切り、パコとララはゆっくりと歩いていく。

パコが眉をひそめた。「あなたがこんなふうに去ってしまうのを見たくなかった」

ララはヘリコプターをまっすぐに見つめた。「リカルドが正しかったの。ここにわたしの居場所はないのよ」

「あなたはいまでも私たちの仲間です。リカルドはどうかしているんだ」

「リカルドは冷静そのものに見えるわ」

ヘリコプターに着くと、パコが乗客用のドアを開け、マヌエルが後部座席によじ登った。

「彼を許してやってください、ララ」パコが穏やかに言った。

「あなたが彼を許してやって。あなたの友人なんだから」

「では、彼はあなたにとってなんなのですか？」

「突発的な事件かしら」ララは笑顔を作ろうとした。「もう終わってしまった冒険ね」

パコは首を振った。

「そんなに悲しそうな顔をしないで。決してあなたのせいではないのよ」ララは体を伸ばしてパコの頬にキスをした。「さようなら、パコ。体に気をつけてね」

「あなたも」パコはララを持ち上げてヘリに乗せた。着陸灯の光に照らされたパコの黒い瞳が輝いていた。「さようなら、《バヤ・コン・ディオス》ララ」


パコはどっしりとしたドアを勢いよく閉め、身を屈めて回転するローターから離れた。

後部座席でマヌエルが何かつぶやいているのを聞いてララが振り返ると、マヌエルは目に涙を溜めてパコを見ていた。

「長くはかからないわ」とララは言った。「すぐに帰れるわよ、マヌエル」

「わかってるよ」手の甲で涙を拭ったとき、マヌエルの声はかすれていた。「ぼくは兵士だ。兵士は命令されたことをするんだ。ぼくは泣いてなんかいないよ。目にゴミが入っただけさ」

「そうね」窓からパコを見ながら、まぶたの裏に熱く刺すものをララは感じた。数週間前に司令部が置かれたパコのテントに初めて足を踏み入れて以来、あっと言う間に時間が経ったように思える。しかし、その短い時間がララの世界をすっかり変えてしまった。

パイロットがエンジンをスタートさせた。やがてヘリコプターは離陸し、木々の上を高く上昇してバルバドスに向かった。


翌日の午後、ララがブレットの病室に入っていくと、彼は窓のそばで車椅子に座っていた。ララは弟を見ながら、安堵がこみ上げてくるのを感じ、一時的に気持ちが明るくなった。ブレットの顔色はよく、彼を送り出したときから一カ月も経っていないのに、あのときよりたくましくなったように見えた。

「首の骨を折ってやらなくちゃ」ララは屈んでブレットの頬にそっとキスをした。

そのときに彼が言った。「セント・ピエールにララが出発した翌日手紙が届いて、頭がおかしくなりそうだったよ。あんなところに行くなんてララには関係ないだろう?」

「あなたのことはわたしにも関係あるの」窓際のテーブルの横に置かれた来客用の椅子にララは腰を下ろす。「元気そうね。リハビリは始めているの?」

「先週から」ブレットは顔をしかめた。「赤ん坊のときは、歩くのを習うのがこんなに難しくなかったはずなんだけど。今頃はもっとうまく歩いていると思っていただろう?」

「じきにそうなるわよ」

「励ましの言葉はもういいから、セント・ピエールで何があったか教えてよ」

「特におもしろいことは何もないわ。リカルド・ラサロは自由の身になった」

「知っている。アビー刑務所からの脱出について聞いたよ。関わったんだろう？」

「ほんの少しね」ララは話題を変えた。「家に帰れるのはいつ？」

「初期のリハビリが終わるまで、バルバドスでぶらぶらしてほしいと医師は言っていた」ブレットがララと視線を合わせた。「だけど、アメリカには帰らないよ、ララ」

ララの手がバッグをぎゅっと握りしめる。「セント・ピエールに？」

ブレットはうなずいた。「あそこで見つけたものがあるんだ」

ララは引きつった笑みを浮かべた。「ハーメルンの笛吹き男ね」

「彼はものすごい男なんだ」

「そうね」ララはブレットの視線を避けた。「知っているとは思うけど、また自分の足で立てる頃には、おそらく戦争は終わっているわ。もう一度戦闘があったら終わりだとパコが言っていたもの」

「それでもぼくは行くよ」ブレットは手を伸ばし、ララの手の上に重ねた。「一緒に来てくれ、ララ。セント・ピエールは新しいフロンティア、新しい世界になるよ」

ララはかぶりを振った。「あなたとラサロは帝国の建設者だけど、わたしは炉辺《ろばた》に座って星条旗を縫ったベツィー・ロスだわ」

「パコの話と違うな」

ララはさっとブレットの顔を見上げる。「パコ？」

「リカルドの厳しい命令でララがセント・ピエールを離れることを、パコが無線で知らせてくれたんだ」唇を引きつらせて笑顔を作る。「セント・ピエールで立派な働きをしたみたいだね。ララは国のヒロインだとパコが言っていた」

「大げさなのよ」

「ぼくの唯一の任務は、知らせがまた来るまでララの面倒をみること。それがリカルドの命令なのさ」

ララは頬が赤くなるのを感じた。「自分の面倒は自分でみられるわ。どうやって命令を受けたの？」

「リカルドはバルバドスに何人か人を置いている。彼らは必需品を送ったり、外の情報を伝えたりしているんだ」

「マヌエルも一緒に連れてきたことをパコから聞いている？」

ブレットはうなずいた。「その子が来たことには驚いたよ。マヌエルはリカルドが大好きなんだろう？」

「マヌエルはまだ九歳で、自分は命令に従わなければいけない兵士だと思っているの。あなたたちと同じように戦争ヒステリーに感染しているのよ」ララはかぶりを振った。「男という人種はちょっと頭がおかしいと思うようになったわ。特にブレット、あなたは」

「ララだって、前からそうだろ」ブレットはララの手を握りしめる。「ララもぼくとまったく同じだということを、見ようとしないね。ときどき難題に挑戦しないと、ララは気が変になるんだ」

　ララは首を横に振った。「あなたは間違っているわ。わたしは静かな生活が好きなの」

「ぼくが間違ってるって？　セント・ピエールに行ったほんとうの理由は、ぼくをセント・ピエールに戻さないため？　それともぼくに嫉妬したから？」

　ララはあきれてブレットを見つめた。「嫉妬ですって？」

「ぼくたちは子どもの頃からずっと、考えや気持ちを伝えあうことができた。ラサロやセント・ピエールのことをいやというほど話しただろう？　ぼくがあそこで何を見つけたか、自分で見て体験してみたくなったんじゃないの？」

「いいえ。そんなの嘘よ。わたしは……」ララは言葉を切った。パコもリカルドもわたしが自分のことをほんとうにわかっていないと言っていたし、驚くべき速さで鍾乳洞の生活に慣れたのも事実だ。この何年というもの、自分に嘘をついていたのかしら？

「ぼくと一緒にセント・ピエールへ戻ることを考えてほしいな。ララを失いたくない」ブレットは近くのテーブルの抽斗《ひきだし》を開けた。「頼みがあるんだ」

「どんなこと？」

「これを読んで」ブレットは薄い本を取りだし、ララに手渡した。

『選択の権利』リカルド・ラサロ著。

ララは反射的に身をすくめた。「いやよ」

「頼むから」ブレットは穏やかに繰り返した。

「それを読んでもなんの役にも立たないわ。セント・ピエールには戻れないの、ブレット。わたしにとって、あそこには何もないの」

「いいからこの本を読んで」

ララはしぶしぶと本を受け取り、キャンバス地のバッグのなかに突っ込んだ。「行かなくちゃ。病院の近くに小さなアパートメントを借りたわ。マヌエルが待っているの」ララは明るい笑顔を見せた。「わたしたち買い物に行かなくちゃいけないのよ。マヌエルもわたしも着るものをまったく持ってないから。戦闘服は大きな街には合わないでしょ」

「お金はあるの？」

「充分あるわ。あなたの治療費の請求書はあとで心配する」

「リカルドが面倒をみてくれるよ。革命には資金供給がいまではたっぷり用意されているんだ。バルバドスにいるすべての配下の治療費の請求書は、ヨーロッパやアメリカのリカルドの支援者に送られる」

「それはよかったわ」ララは立ち上がり、屈んでブレットの金髪の頭上にすばやくキスをした。「明日また来るわね」

「午後遅くにして。午前中はリハビリがあって、そのあと少なくとも二時間はみんなに八つ当たりしているから」

「わたしは平気よ」

ブレットはじっくりとララを見てから、ゆっくりうなずいた。「ああ、そう思うよ。セント・ピエールに行く前よりも、ずっとララはたくましくなったね」

「たぶんね」ララはブレットに背を向け、ドアに向かった。「じゃあ、明日」

「その本を読むって約束してくれ」

「まったく、頑固なんだから」ララは肩越しに怒ったような視線をブレットに向けた。「わかったわ。このいまいましい本を読むわよ」

「すぐに？」

ララはため息をついた。「すぐに」

ブレットはにやりと笑った。「それから、セント・ピエールで何が起きたか教えてよ。ララが国のヒロインだとパコに言わせるぐらいなんだから」

「そのうち、たぶんね」

「まあ、うまくいくこともあれば、失敗することもある」

ええ、ブレットはそうでしょう。でも、ララはいまのところ、セント・ピエールではうまくいったというより失敗したと感じていた。

ラプの後ろで病室のどっしりとしたドアがバタンと閉まった。


二週間後、リカルド・ラサロは軍事政権への攻撃を開始した。四日のうちに政府軍は撤退し、その二日後に王宮《パラシオ》は陥落《かんらく》した。

リカルドは王宮のバルコニーから、軍事政権の降伏とセント・ピエール共和国の樹立を宣言し、この島では二十年ぶりとなる民主的選挙の実施を発表した。

三週間後、リカルド・ラサロが選挙で圧勝し、セント・ピエール共和国の大統領《エル・プレシデンテ》となった。

ブレットは読んでいた新聞から残念そうに顔を上げた。「くそっ、就任式に行けたらいいんだけどな」

「行けるんじゃないかしら」ララは言った。「もう松葉杖で動けるし、招待すべき重要人物のリストにはきっと入るわ」

「ララもね」ブレットはにっこり笑った。「パコが〝国民的ヒロイン〟に招待状を出さないはずがないだろう？」

ララは首を振った。「わたしは招待されないわ」

「されるよ」ブレットはおだてるような声を出した。「超一流の人たちと就任舞踏会に出たくないの？　この記事によると、ララは各国の首脳と列席することになってるよ」

「じゃあ、このお粗末な頭の持ち主はいなくても大丈夫そうね」ララは言った。「頭といえば、わたしは行かなくちゃ。三時にこのお粗末な頭に生えた髪のお手入れしてもらうことになっているの」

「あの本は読んだ？」

ブレットはララが見舞いに行くたびにそう尋ねるが、答えはいつも同じだった。「まだよ」

弟が口を開きかけたので、ララはそれを封じるように片手を上げた。「そのうち読むわ」

ブレットはうなずいた。「マヌエルはどうしてる？」

「とてもいい子にしてるけど、セント・ピエールに帰りたがっているわ。映画とかテレビとか、そのほかにも子どもが好きそうなものを喜ぶかと思ったけど、あの子はそういうものをバカバカしいと思っているの。悲しいわね」ララは首を振った。「子どもらしさを忘れてしまったのよ」

「もうすぐリカルドに呼び戻されるね」

「ええ。マヌエルがいなくなると寂しいわ」

「ララはもう行かないと。予約の時間に遅れるよ」彼女がなかなか腰を上げようとしないので、ブレットはいぶかしげに姉を見た。「あまり気が進まないみたいだな。行きたくないの？」

その予約についてどう思うべきか、ララにはわからなかった。実はブレットに嘘をついたのだ。ララの感情は揺れ動いていた。怖がっているかと思えば、次の瞬間にはわくわくしている。

「あら、そうだったわ」ララは必死に笑みを浮かべて立ち上がった。「そう、そうなのよ。行かなくちゃ」

8

「妊娠七カ月。予定日は六月ですよ」ドクター・カンブリアンの浅黒い顔がほほえみでぱっと輝いた。「母体はとても健康だから、正常分娩にするべきね」

「間違いありませんか？」ララは舌で唇を湿らせた。「六月というのは」

「間違いありませんよ」肯定する医師のイギリス訛りが耳についた。「鉄剤を処方するわね。また来月、診察に来てください」

「来月はこちらにいないかもしれません。アメリカに帰るつもりなので」

「あなたは未婚よね？」医師が尋ねた。「この時期にひとりでいるのはよくないわ。アメリカに友だちはいる？」

「います」ララは立ち上がった。「わたしなら大丈夫です。ありがとうございました、ドクター・カンブリアン、とても親切にしてくださって。来月もまだバルバドスにいたら、必ず予約を入れますね」

数分後、ララは通りに出て、数ブロック先のアパートメントへ向かって歩き出した。

赤ちゃん。赤ちゃんとどうやって生きていけばいいの？　仕事だってまだこれからなのに。いまではベビーシッターのことや、ひとりどころかふたり分の生活費を心配しなければならない……。

赤ちゃん。

突然、目が眩《くら》むほどの喜びが込み上げ、ララは不意を突かれた。これは奇跡だ、愛すべき子だ。自分が贈り物を授かったことに気づくと、それまで大きくのしかかっていたすべての問題がくだらないもののように思えてきた。困難なこともなんとかなる。わたしは強くて健康だし、抜群の知性もある。何をそんなに不安がっていたの？

ララがアパートメントに戻ったとき、マヌエルは椅子の上で体を丸めて本を読んでいた。彼はバルバドスに着いた週に公立図書館を見つけ、それ以来むさぼるように本を読んでいる。ジーンズにTシャツ、テニスシューズという出で立ちがなんだか似合わない。服装は幼いが、本から上げた目は大人びている。「弟さんは大丈夫？」

「とても元気よ」ララはカウチにバッグをぽんと置いた。「万事順調だわ」

マヌエルはほほえんだ。「よかった」そしてためらいがちに言った。「ドクター・カンブリアンは、あなたも大丈夫だって言ってるの？」

ララはマヌエルのほうを振り向いた。「わたしが診察に行ったことがどうしてわかったの？」

「電話台の上に残していったメモに、ドクターの名前と予約が書いてあるのを見たから。心配したんだよ」

「ああ、たいしたことないわ。体調がよくなるようにビタミン剤をもらっただけよ」

マヌエルは本をテーブルに置き、ララの様子を観察した。「幸せそうだね」

「ええ」ララは彼に駆け寄ると、すばやく抱きしめた。「わたしは健康で幸せよ。だからふたりでお祝いすべきだわ。外に食べにいきましょう。小さなレストランの前を通ったんだけど、入口から漂ってくる香りがおいしそうだったわ」

「そうできればいいんだけど」マヌエルは真面目な声で言った。「本を、図書館に返さなくちゃいけないんだ」彼は立ち上がり、テーブルに積んである本を抱え上げた。「二時間で戻るよ」彼は玄関へ向かった。「ララは休んだほうがいいよ」

ドアが閉まると、ララは困惑したように首を振った。マヌエルはあの強い責任感を忘れることはあるのかしら？　ほかの子なら、本の返却日が一日過ぎることなど気にしないだろう。ところがマヌエルは物語の途中で読むのをやめて、返却日をきちんと守ろうとした。この数週間で、わたしは彼のことがますます好きになった。マヌエルがリカルドに呼び戻されたら、きっとものすごく寂しくなるだろう。

でも、わたしはもうすぐ自分の子を産む。

そしてこの子はわたしだけでなく、リカルドの子でもある。

リカルドの子どもだということが、喜びのかなりの割合を占めていることに気づき、ララのほほえみは消えた。まったく、リカルドを忘れるつもりでいたのに、今後も彼と関わることになるとわかって大喜びしているなんて。

この赤ちゃんはリカルドの子ではあるけれど、彼から受け継ぐものは遺伝子だけだ。数週間後にはわたしはアメリカへ帰り、リカルドとは関わりのない人生を送ることになる。子どもに父親について話すときがきても、彼のことをほとんど知らないのに何を話せばいい？ 知っているのは、独房に囚われ、愛し合ったリカルドのことだけ。それ以外は、彼について世間の人たちが知っていることさえ、わたしはほとんど知らない。

ララは立ち上がり、部屋の向こう側にあるクローゼットまでゆっくりと歩いていった。リカルドの本はまだキャンバス地のバッグに入れたまま、ブレットから渡された日の午後に置いた棚の上にあった。彼女はバッグから薄い本を取り出し、それを持ってカウチに戻った。そして腰を下ろして本の最初のページを開いた。

二時間後、ララは本を閉じてカウチのクッションに頭を預けた。涙で喉が詰まってはいるが、心は躍っていた。

わたしは間違っていた。わたしの子どもには受け継ぐべきものがある。この本のなかで、リカルドはなんという財産を世に残したのだろう。本を読み進めるうちに、リカルドに対する恨みつらみは消えてしまった。この本は自らを哀れむことなく、それでいて言葉のひとつひとつに長年の苦悩と孤独があふれている。共に過ごした時間が彼の孤独とわたしの孤独を癒したのだとしたら、わたしはなんの権利があってそれ以上のものを要求できるの？

この本を書いた男は非凡な人間であると同時に愛国者だ。たとえ彼に愛してもらえなくても、彼を愛する価値は充分にある。以前、彼は世間の人々を揺さぶるような言葉を書きたいと言っていた。この本の言葉はわたしを心底揺さぶり、かきたてた。いまなら、ブレットがセント・ピエールまで戦いにいった理由がわかる。

「ただいま」マヌエルがドアを開けて駆け込んできた。「さあ、食べにいけるよ――どうしたの？」

「なんでもないわ」

「泣いていたんだね」マヌエルは探るようにララの顔を見た。「どうして……」彼は例の本を見つけてうなずき、安堵した。「ああ、そういうことなら仕方ないよ」

「そうかしら？」

「恥ずかしがらなくていいよ。リカルドの本を読んで泣く兵士たちをたくさん見てきたんだ」マヌエルは淡々と言った。「びっくりした。気分が悪いのかと思っちゃった」彼はララの手から本を取りあげて、カウチのそばのテーブルに置いた。「これでレストランに行けるね。そのあとは、家に帰って体を休めなくちゃだめだよ」

ララは眉を吊り上げた。「なぜ、そんなに休ませようとするの？　わたしは大丈夫だと言ったのに」

「ぼくはあなたを……」マヌエルは口ごもり、ララに笑みを向けた。「体調が万全なら、お医者さんには行かなかったんだよね」彼は彼女の手を引っ張って立ち上がらせた。「ほら早く。食べにいこうよ」

ララは深い眠りから目を覚ました。

物音がする……。

眠い目を擦ると、誰かが自分を覗き込んでいるのがわかった。顔は陰になって見えない……恐怖ではっきりと目が覚めた。ララは口を開いて叫ぼうとした。

その口を手がふさいだ。「しーっ、大丈夫。私ですよ、パコです」

「パコ！」ララは驚いて目を見開き、パコの力強い、たこのできた手から逃れようと首をねじった。「死ぬほどびっくりしたわ」ララは手を伸ばして、ベッドサイドのテーブルの上にあるライトを点《つ》けた。すると、いつもと様子は違うが、見覚えのあるパコの姿が照らし出された。いたずら好きの妖精《エルフィン》のような顔つきと生き生きとした目は相変わらずだが、いつもの戦闘服ではなかった。深緑色の制服で、ズボンには手が切れそうなほどきちんとした折り目がつき、ジャケットには勲章がたくさんぶら下がっている。「とても立派に見えるわ。真夜中にここで何をしているの？」パコが口をはさむ間もなく、ララは尋ねた。「マヌエルを迎えにきたの？」

「そうです」

ララは体を起こし、ずり落ちたネグリジェの肩紐を直した。「恐れていたときがついに来たのね」ララはちらりと時計を見た。「あら、いやだ。まだ三時よ。朝まで待てなかったの？　マヌエルを起こしてこなくちゃ」

「すでに起きて着替えも済んでいます。彼が私たちを部屋に入れてくれたんですよ」

「私たち？」

「リビングルームに数名待機させています」パコは一呼吸おいて言った。「ボディーガードたちを」

ララは不安そうに笑った。「戦争は終わったはずよ。ボディーガードを連れて旅をしなければいけないの？」

「私には必要ありません」

ララは眉をひそめてパコを見た。「マヌエルのため？」

「いいえ」パコが顔をしかめる。「あなたのためです」

「わたし？」ララはすばやく足を床に下ろした。「いったい何を言っているの？」

「リカルドが私をよこしたのは、あなたをセント・ピエールに連れ戻すためなんですよ」

ララはまるでお腹を殴られたような気がした。「なんですって？」

「彼はあなたに会いたがっています」

急に期待が高まるのを感じ、ララは必死にそれを抑えつけようとした。「信じられないわ。彼はわたしを追い払ったのよ」

「状況が変わったんです」

「彼とわたしのあいだは変わらないわ」

「変わったんですよ」パコはやさしく言った。「リカルドは妊娠のことを知っているんです」

またしてもララは驚いた。「知っているはずがないわ――わたしだって二日前に知ったばかりなのよ。どうしてわかったの？」

「マヌエルから聞きました」

ララはわけがわからないというようにパコを見た。

パコは肩をすくめた。「リカルドはマヌエルに、あなたの世話係と定期的な報告を命じたんです。マヌエルにはここバルバドスでの私たちの連絡員の名前と住所を伝えておきました。あなたが医師を訪ねたことを知ったとき、彼はそれを連絡員に知らせました。その後、連絡員がその病院に電話して、産婦人科医だとわかったんです」

「冗談でしょう。リカルドがマヌエルにわたしを見張らせていたというの？」ララは震える声で笑った。「あの子はまだ九歳よ」

「リカルドはあなたを守り、世話をする役目をマヌエルに与えました。任務があるとわかっているほうが、マヌエルは楽なんです。兵士生活が長すぎて、その習性が抜けない……」

「そんな言い方はやめて。あの子は兵士なんかじゃないわ。ただの子どもよ――どうしてわたしはあなたと口論なんかしているのかしら？」ララはベッド脇の椅子からローブをつかみ、それを羽織った。「ばかばかしい。あなたがマヌエルを連れていく前に、あなたと〝ボディーガードたち〟にコーヒーをご馳走するわ」

パコは首を振った。「あなたも一緒に来るんです」

「行くものですか」ララは激しく食ってかかった。「この子はリカルドとは無関係よ。わたしは二週間後にアメリカに帰るし、リカルドの人生には永遠に関わらないわ」

「わかっていないんですね」パコは決然として言った。「あなたを連れ戻せという命令なんです。私はそれを遂行するまでです、ララ」

ララは驚いて彼を見た。「力ずくでも？」

パコは答えなかった。

「まさか、ほんとうにさらっていくつもり？」

「飛行機を待たせていますから……」

「もしもわたしが抵抗したら？　偉大なる解放者の子どもを傷つけてもかまわないの？」

「あなたは自分自身を傷つけるようなまねはしないでしょう」パコは悲しげでもあり、困っているようでもあった。「マヌエルによれば、あなたは妊娠を喜んでいた。流産の危険を冒すとは思えません」

「ええ、絶対に守ってみせるわ……」ララは言葉を止めた。「本気で連れ戻すつもりなのね？」

「あなたが着替えるあいだに、私が荷造りをします」

「こんなまねをするなんて、信じられないわ」

「リカルドはあなたと話をしたいだけなんですよ、ララ」

「あら、わたしは話したくないわ」ララは体の震えを止めようと、自分を抱きしめた。リカルドには会いたくないし、また感情をかき乱されるのはごめんだ。この二日間で、やっと自分の人生と彼のいない未来を受け入れたのに。「お互いに言うべきことは言ったもの」

「リカルドの子どもじゃないですか」

「わたしの子よ」

「じゃあ、一緒に来て彼にそう言えばいい」

「そうするわ」ララはくるりと向きを変えると、大股でバスルームへ歩いていった。「ほかの選択肢は与えてもらえないみたいだから。彼の本を読んだわ。彼は自らの信念に従って生きていないんじゃない？」

「彼自身、今回はやむをえないんでしょう、ララ」

「以前は、常に選択肢はあるものだと言っていたのに。わたしはひとつかふたつ、選択肢を与えるつもりだけど、彼にとっては愉快なものではないでしょうね」ララは肩越しにパコをちらりと見た。「ブレットはどうするの？　病院に置き去りにしてわたしの心配をさせるわけにはいかないわ」

「ブレットにはきちんと知らせます」

「子どものことは言わないで」

パコは言わないとうなずいた。「あなたをセント・ピエールに招待するだけのれっきとした理由があることを話します」

「招待ですって？」ララはバスルームのドアをばたんと閉めた。

正午前、プライベート・ジェットが着陸したとき、格納庫のそばではセント・ピエール共和国の緑と白と赤の国旗を掲げた、車体の長い黒のリムジンが待っていた。

パコはリムジンの助手席に、マヌエルは後部座席のララの隣に乗り込んだ。マヌエルはバルバドスからのフライト中ずっとパコの隣から離れず、ララのほうをほとんど見なかった。いまも彼女のほうを見ることはなく、パコの後頭部を見つめている。そのあいだにもリムジンはゆっくりと格納庫を離れ、飛行場を隔てる背の高い金網フェンスを通り過ぎていった。マヌエルの細い顔のなかで、潤んだ黒い目が光っている。「ぼくのことを怒っているんだね」

「怒っちゃいけない？　わたしたちは友だちだと思っていたのに」

「友だちだよ。でも、リカルドは……」

「言葉巧みに人を操るのよね」代りにララがうんざりした様子で言った。「いいのよ。本気で怒ってるわけじゃないの。気づくべきだったのよ、リカルドの仲間がわたしに対して誠実なわけがないって……」

「ぼくは誠実だよ」マヌエルは激しい口調で口をはさんだ。「あなたはわかっていないよ。リカルドは、あなたを守らなくちゃいけないと言ったんだ」

「わたし自身から？」

「あなたはリカルドの恋人だよ」マヌエルは強情に顎を引いた。「あなたのためにどうするのが一番いいか、彼はわかっているんだ」

「ねえ、マヌエル、あなたは洞窟生活が長すぎたんだわ。わたしのためにどうするのが一番かわかっているのは、このわたしよ」

リムジンが滑るように高速道路のランプを下りて一般道へ出ると、三つ先の丘の上に建つ、銃眼つきの巨大な石造りの王宮《パラシオ》が見えた。そこで待ち構えている闘いのことを考えると、ララは無意識のうちに緊張した。

小さな手がそっと伸びて、座席の上のララの手を覆った。「怖がらないで」マヌエルが言った。「パコは、リカルドは怒ってないと言っているよ」

「あら、わたしは怒ってるわ」

マヌエルは一瞬黙り込み、ぽつりぽつりと話した。「赤ちゃんのためだったんだ。だからぼくは報告したんだ」

「どういうこと？」

「赤ちゃんは守ってあげないと、まずいことが起こるんだ」

マヌエル以上にそのことをわかっている者がいるだろうか？　そう思うとララは悲しみに胸が痛んだ。マヌエルに対するいらだちは消え、ララは手のひらを上に向けて彼の手を握った。「赤ちゃんはわたしが自分で守るわ」

「それはリカルドのほうが上手だよ。ぼくの面倒をみてくれたんだから」マヌエルは唇を湿らせた。「ぼくはときどき怖くなるんだけど――怖いのをリカルドが追い払ってくれるんだ」

マヌエルにとって恐怖心を認めるのは大変なことだったが、それを認めたのは、ララを本人の意思に反して連れてくることに加担したことを、無言のうちに謝罪しているからだった。ララは彼の黒い髪をやさしくなでた。「心配しないで。何があろうと、あなたを責めたりしないから」

リムジンはアーチ型の門を抜け、モザイクタイルが貼られた中庭を横切り、宮殿《パラシオ》の前で止まった。

ふたりの制服姿の警備員が駆け寄り、助手席のドアを開けた。パコが車を降り、ララとマヌエルが来るのを階段で待った。

「リカルドは自分の部屋で待っています」パコはララの肘をつかんで、光り輝く玄関のなかへ促した。「空港で出迎えなくて申し訳ないとのことでしたが、いままでは彼は街へ出ると必ず群衆にもみくちゃにされてしまうし、あなたの到着を注目されたくなかったんです」

「なぜかしら？　まさか、あの偉大な人物に人さらいができるなんて、誰も信じないでしょうに」ララは広い玄関ホールを見まわし、天井のフラスコ画を見上げた。「まるで大聖堂ね。偉大な解放者の神殿というところかしら？」

パコはその感想を無視してマヌエルを見下ろした。三人は曲線を描く大階段を上りはじめた。「就任式は明日だから、おまえはセレモニーで着る華やかな衣装を用意しなければならないぞ」

「パコの制服みたいな？」マヌエルが熱心に尋ねた。

「いずれわかるよ」制服姿のふたりの兵士が警備している、彫刻の施されたドアまで来ると、パコはララの腕を放した。「これから一緒に仕立屋に行って、おまえのために何が作れるか考えてみてはどうかな」パコがひとりの兵士に合図すると、兵士はすぐにドアを開けた。

「リカルドにはあとで会おう、いいね？」

マヌエルはちらりとララを見てからうなずいた。「またあとでね」

ララは緊張で体をこわばらせながら、開いたドアのほうへ向かった。

「彼は正しいと思うことをやっているんです、ララ」パコは声を潜めて言い、マヌエルの手をつかんで背を向けた。

リビングルームに入っていくララには、その声はほとんど届かなかった。

リカルドは部屋の奥の細長いフランス窓のそばに立っていた。日差しを浴びて黒い髪が艶やかに光り、深緑色の制服の上着の下でいからせた肩には緊張が見て取れた。

ララは彼を目にしたとたん、最後の日に湖のそばで彼に追い払われる前に味わったのと同じ、抗いようのない感情の波に襲われていた。過去の思いを整理するために来たのに、過去の感情がどっとよみがえってくる。ああ、こんな気持ちにはなりたくない。彼を愛したくないのに。ララはここへ来るまでに感じていた怒りと不満を必死で探した。

ララは歩いて、リカルドの前に立った。「子どもをスパイに利用するなんて。卑劣だわ、リカルド」

「そのとおりだ」リカルドは静かに同意した。「卑劣だ。だが、ほかに方法が見つからなかった。きみは子どものことをぼくに話さなかっただろうから」

「そうよ」ララは彼を見上げて睨《にら》みつけた。「あなたの言うとおり、話すつもりはなかったわ。別れるときに言ったでしょう、万が一妊娠しても、あなたに重荷を背負わせに来ることはないと」

「重荷を背負わせる？」リカルドは唇をねじ曲げて首を振った。「ぼくの援助を受け入れさせるには、きみをロープで縛りあげる必要があることはわかっていたよ」

「それでパコとギャングを送り込んで、わたしを引きずり戻そうとしたのね」

リカルドはぎくりとした。「彼らはギャングではない。きみのボディーガードだ。ぼくはきみの無事を確認しなければならなかったんだ」

「それと、招待を辞退しないこともね」ララは唇を尖らせた。「わたしはここへ来たわ。言いたいことを言ってよ、そのあとはバルバドスに送り帰してちょうだい」

「バルバドスには帰せない。ぼくの子を身ごもっているんだから」

ララは信じられないというように目を見開いた。「つまり、わたしはここに留まって、あなたの世話になるの？　結婚について話しているようには思えないんだけど？」

「ああ、そうじゃない」

それは予想どおりの答えだが、それでも悲しみの渦がこみ上げてきた。ララはそれをリカルドに悟られないよう、必死に戦わなければならなかった。

「やっぱりね」ララは顔を背け、窓越しに中庭を見下ろした。「それで、あなたの提案というのは？」彼女は考えるふりをした。「そうね、たとえば、自分の子どもに目が届くように、わたしを部下のひとりと結婚させるとか？」

「違う」リカルドのかすれた低い声はララの耳にかろうじて届いた。

「よかった」ララは皮肉たっぷりに言った。「あなたの創意工夫の乏しさに失望するところだったわ。その手の解決方法は十九世紀に廃《すた》れたものだから。それに、あなたは将来を嘱望《しょくぼう》された人よ。新たな領域を切り開いて……」

「黙れ！」彼の乱暴な口調に、ララはさっと彼の顔に視線を戻した。苦悶のしわが彼の口の両脇に刻まれ、その目は苦悩を色濃く映し出している。「この話はもうたくさんだ」

「なぜ？　わたしが言ったことは全部図星なんだわ。あなたはどう考えたの？　ひょっとして、わたしは大統領《エル・プレシデンテ》の愛人になって、スカートに何人もの私生児をしがみつかせるはめになるの？」

「いや、きみはセント・ピエールに留まることはできない」

「たぶんそうしょうね。あなたはとても飽きっぽいから、わたしがいては都合が悪くなる……」

リカルドの手がララの口をふさいだ。その手は震えていた。彼の声も震えた。「もうたくさんだと言っただろう――ぼくだって傷ついているんだ。ぼくがきみを傷つけたことはわかっている。いまも傷つけていることも。だが、ただ何もせずにきみに痛めつけられるのはたくさんだ。フラードの鋭い小さなアイスピックで何度も刺されるよりつらい……」もの欲しげにララの唇に触れた彼の手が、ふわりと揺れて肩にかかる髪へとためらいがちに移動した。

「ああ、ずっときみに触れたかった。きみにわかるか、ぼくの下でどんなふうにきみが動いたか、きみがどんな姿で、どんな香りだったかを――ぼくが何度思い出したことか……」声が次第に小さくなり、彼は少しのあいだ目を閉じた。それからぱっと目を開け、一歩身を引いた。「すまない。こんなことをするつもりじゃなかったんだ」

ララは驚いて彼を見つめた。小さな希望の光が胸のなかで急に炎をあげた。何かが間違っている。あるいは、何かが驚くほど正しいのか。「じゃあ、なぜこんなことをしたの？」

「自分を止められなかった……」リカルドは途中で口ごもり、そして唐突に言った。「ほかにどんな理由がある？　肉体的な欲望がまた頭をもたげてきたんだ。ぼくらはいつも互いに反応して高まっていたじゃないか」

リカルドは嘘をついている。彼の表情には間違いなく欲望が見て取れるけれど、それ以外にも何かがある。ララの希望の炎がさらに燃えあがった。

ララはフランス窓を離れ、背もたれの高いクッション付きの椅子に腰を下ろした。慎重にならなくては。希望の炎はとても消えやすいものだ。「まあいいわ、話して。なぜわたしを連れてきたの？」

「理由はふたつある。まず子どもについて話をつけなければならない」

「もうひとつの理由は？」

「きみに勲章を授けるためだ」

ララは目を瞬《しばたた》いた。「あなたの子を身ごもったことに対して？」

ララがこの部屋に入って以来初めて、リカルドが笑った。「受胎がそこまで困難でなかったことを願うよ」彼の笑みが消えた。「勲章は勇敢な行動に対してだ。背中を鞭で打たれた傷はまだあるのか？」

「ほとんど消えたわ」ララはその記憶を振り払おうとかぶりを振った。彼の最後の言葉には完全に不意を突かれた。「勲章を授けるためにわたしを連れてきたの？」

「きみにはその資格がある。明日の夜、大統領就任舞踏会で授与される。セント・ピエール勇敢勲章だ」

「勲章なんかいらないわ」

「とにかく受け取ってもらうよ」リカルドは頑固に顎をこわばらせた。「きみはぼくたちのために尽力してくれた。今度はぼくたちがお返しをする番だ」

ララは弱々しくほほえんだ。「そのお知らせならすでに受け取ったわ、贈り物はわたしのお腹のなかよ」

リカルドの表情が曇った。「それは贈り物とは言わない。重荷だ」

ララは首を振り、穏やかに繰り返した。「贈り物よ」

ふたりの目が合った。すると突然、ふたりのあいだにベルベットのように心地よい親密な空気が満ちた。リカルドは目をそらし、かすれ声で言った。「きみがそうやって好意的に捉えてくれてうれしいよ。でも、まだ問題はいろいろある」

「わたしに乗り越えられない問題はないわ」

「ぼくの援助があればね。きみと子どもが生涯安心して暮らせるだけの財産は譲るつもりだ」ララが口を開こうとすると、彼は手を振って制止した。「それと、きみと子どもを守るために護衛をひとり付ける。心配しなくていい。彼はとても控えめな男だ」

「わたしを守るですって？　なぜ護衛が必要なの？」

「ぼくにはまだ敵がいる。そいつらがぼくを狙えないとなれば、ぼくの大切な人々を傷つけようとするかもしれない。ぼくらが愛しあった——親密な関係だったことは誰にも知られないようにはするが、それでもきみに護衛が付いていればぼくは安心できる」

ララは記憶を手繰《たぐ》り寄せているうちに、あることをふと思い出した。「守る……」ララは感慨深げに彼を見つめた。「あらそう、守ってくれるの？」

「そのつもりだ」リカルドは背後で両手を握り、両脚を広げて立った。「プランはこうだ。明日の夜、きみは勲章を受け取る。当然のことながら、ぼくたちが友だち以上の関係であることは知られないように注意する」

「当然だわ」

「その翌朝、パコがきみをアメリカまで送り届け、きみが選んだ場所で家を見つける」

「湖のそばがいいわ」ララはつぶやいた。

「きみがそう望むなら」リカルドは顔をしかめた。「きみが小さな町が好きなことは知っているが、医療が充実しているところにするべきだ」

「パコならきっとその条件に合うところを見つけられるわ。飼いやすい犬も探し出せると思う？」

「ぼくのことを笑っているんだな？」

「少なくとも、勲章を手近なトイレに流そうとはもう思っていないわ」

「勲章を受け取ってくれるのか？」

ララは立ち上がった。「ええ、勇敢勲章はね」

「そして住まいと……」

「その件はあとで話し合いましょう。じっくり考えてみるわ。さあ、自分の部屋へ行っていいかしら？」ララは荘厳で堅苦しいリビングルームをざっと見まわした。「あなたはわたしにここにてほしくなさそうだから」

リカルドの目に何かがちらりと表われた。「頼んだらここにいてくれるのか？」

「とんでもない。あなたが密かに立てた複雑な計画を邪魔したくないわ。舞踏会の前に会う？」

「それはまずいと思うが」

「いけない！」ララは指を鳴らした。「一瞬、忘れていたわ。慎重さは重要よ」

リカルドはいぶかしげに目を細めてララの顔を見た。「もう怒っていないのか？」

「理解すれば怒りは消えるわ」ララは華やかな笑みで顔を輝かせた。「あなたは自分の立場を説明するだけでよかったのよ」

「それで納得するのか？」

「充分にね。舞踏会には何を着たらいいの？」

「ドレスを作ってある」

ララは目を丸くした。「ずいぶん前から計画していたのね」

「この王宮が陥落したときからだ」リカルドはかすかにほほえんだ。「ぼくはきみが妊娠していなくても連れ戻していたはずだ。セント・ピエールはきみに恩義がある。恩は返さなくてはね。ドレスを気に入ってもらえるといいんだが」

ララは片眉を上げた。「サイズは合うかしら？」

「大丈夫。きみが忘れていった黄色いワンピースを仕立屋に渡したから。サイズを大きくする必要があれば、縫製師がやってくれる」彼は一呼吸おいて言った。「あのワンピースを着たきみはとてもすてきだったよ」

「あれはセニョーラ・サルドーナのすてきなお下がりよ。お気に入りなの。仕立屋から取り戻してくれているといいんだけど」

リカルドは首を振った。「もう必要ないかと思った」

「女性はいつだって服をもう一着ほしがるものなの」ララはあくびを嚙み殺した。「ドアのところにいるたくましい護衛さんに、わたしの部屋へ案内してもらえるかしら？　今朝はパコに午前三時に起こされたし、ここ数日あまり眠れていないみたいなの」

「わかった」ララが離れようとすると、リカルドは思わず一歩踏み出した。「でも、案内するのはぼくだ」

「あら、だめよ」ララはドアを開けながら冷静に彼を見上げた。「わたしたちが友だち以上の関係だという印象を与えたくないわ」

ララは滑るように部屋を出ると、静かにドアを閉めた。


「私に会いたがっていたそうですね？」ノックの音でララがスイートルームのドアを開けると、パコが尋ねた。

ララはうなずき、脇へよけて彼を部屋へ通した。「いくつか訊きたいことがあるの」

パコの表情に警戒の色が浮かんだ。「答えられるかどうか、わかりませんよ」

「お願いよ、パコ、いろいろと苦労を共にしてきた仲じゃないの、いまさら言えないわけないわ。答えが必要なの」

パコは答えず、床に視線を落とした。

ララは深く息を吸ってから、唐突に言った。「リカルドはわたしを愛しているかしら？」

「そんなこと、私にわかるわけないでしょう？」

この男から情報を聞き出すのは容易なことではなさそうだ。「彼がわたしについて話したことはある？」

「ありません」

ララはがっかりした。「一度も？」

「あなたを守らなければならないという話だけです」

「なぜわたしを追い払ったのかしら？」

パコは答えなかった。

「狙撃されたあの日、わたしに対する彼の態度は一瞬にして変わったわ。洞窟へ戻る途中で、彼はあなたに何か言ったに違いないのよ」

「何も言いませんでしたよ」パコはとうとう視線を上げて彼女の顔を見ると、渋々ながら言った。「でも、ドクトル・フアン・サラサールがリカルドの肩に包帯を巻いてるときに言っていたことはあります」

ララは息を詰めた。

「『銃弾はぼくの肩を貫通した。もう少し左にそれていたら、彼女の脳みそが吹き飛んでいるところだった』と」

ララもそのことにはうすうす気づいていたし、そうであってほしいと思ってきた。彼女はため息を吐いた。「ありがとう、パコ」

パコは首を振った。「この話をしたところで、なんの役にも立ちません。彼はそれを認めないし、考えを変えない。多くの友だちや愛する人々が死ぬのを何年も見てきたから。彼はあなたを危険にさらすようなまねはしません」パコは人差指でララの頬にそっと触れた。

「残念ですよ、ララ」

「そんなことないわ。わたしは戦うための武器を手に入れた。以前は丸腰だったのよ。挑むべき戦いがあったことすら知らなかったわ」

「がんばってください」パコは部屋を出ようと踵を返した。「あなたの勝利を願っています」

「負ける理由が見当たらないわ」ララはにっこり笑った。「聞いてないの？　わたしは正真正銘の、勲章を着けたヒロインなのよ。そして、ヒロインは必ず勝つの」

9

どうしよう、緊張する。

ララはイブニングドレスの裾の広がったスカートをなで、ゆっくり深呼吸しようとした。晴れの舞台を前に大口をたたいて自信たっぷりに見せたはいいが、いざそのときが来てみると自信がなくなってきた。あのくだらない勲章をもらうために、舞踏会場に入っていくのを廊下で待っているだけで、そわそわして落ち着かない。

「とてもすてきですよ」パコが小声で耳打ちした。「テレビのカメラマンたちは大喜びするでしょうね」

「ドレスのおかげだわ」リカルドの仕立屋が彼女のために作ったスクエアネックのイブニングドレスは、ピンクの上質なシルク製で、繊細な花模様の刺繍《ししゅう》にきらきら光る金色の管状ビーズ《ビューグル》が施されている。「ダイアナ妃にでもなった気分よ」

「それは禁句です」パコは顔をしかめた。「あなたは共和国のヒロインなんですよ。ここセント・ピエールの国民は王族を認めていません」

「わたしも認めたくなんかないわ。くだらない勲章なんていらないと、リカルドに言ってきてくれない？」

パコはかぶりを振った。「あなたは受け取ることに同意した。ほんの数分で済みます。名前を呼ばれたら、あなたとエスコート役はダンスホールを横切って、リカルドが立っている演壇まで行き……」

「エスコート役？　先に叙勲した男性ふたりにはエスコート役はいなかったわ」

「あなたは女性ですから」

「フェミニスト団体を呼ぶ必要があるわね」

「リカルドは、あなたが緊張すると思ったんです」

「あら、わたしが？」ララは身震いした。「不安で死にそうよ」

パコはほほえんだ。「じゃあ、彼は正しかったわけですね」

「彼は癪《しゃく》に障《さわ》るほど、正しくあろうとするところがあるわね――まあ、たまにだけど。エスコートはあなたがしてくれるの？」

「いいえ、リカルドはその役得をほかの者に任せました。私は遅れてくるゲストを階下《した》で出迎えなければなりませんから」

「あなたじゃないなら、わたしひとりのほうがいいわ」

パコは首を振った。「きっとエスコート役に満足しますよ」ダンスホールのドアが開くと、パコは向きを変えた。「ほら、彼です」

入口には正装用の軍服に身を包んだマヌエルが立っていた。彼の黒い靴は光沢を放っているが、彼の黒い目の輝きにはかなわなかった。「よろしいでしょうか?」マヌエルは妙に真面目くさった口調で尋ねた。「あなたをエスコートさせていただけるとは、大変光栄です」

それはリカルドの計らいだった。彼はララがどんなに不安かをわかっていて、会えばすぐに安心できる人物をよこしたのだ。ララは緊張がほぐれるのを感じながら、マヌエルに丁寧にお辞儀し、彼の腕をつかんで穏やかに言った。「こちらこそ、あなたにエスコートしていただけて大変光栄ですわ」


勲章は、緑、白、赤のリボンに太陽をモチーフにした金のメダルが付いたものだった。リカルドがそのリボンをララの首に掛けると、ピンクのサテン地の胸もとにメダルが下がった。遠くのどこかでフラッシュが光り、カメラのシャッター音が聞こえた。

「セント・ピエール政府はあなたの尽力に感謝し、その勇気を称えます」リカルドの口調は形式的で堅苦しく、前のふたりの受賞者には向けられたあたたかいほほえみも、彼女には向けられなかった。

ララは儀礼的な拍手を上《うわ》の空で聞きながら演壇を下り、端へ移動して舞踏会のほかの招待客たちに混じった。リカルドはすぐに体の向きを変えた。そして、授与式の終了を示す何らかの合図を出したに違いない。オーケストラが演奏を再開した。「とてもうまくいったね」マヌエルが真剣な口調で言った。「ダンスホールを歩いていくときに、あなたがドレスの裾を踏んじゃうんじゃないかと冷や冷やしたよ」

「いままで言わずにいてくれてよかったわ。聞いたらそのとおりになっていたかもしれないもの」周囲の優雅な身なりの人々からはざわざわと話し声が聞こえ、ララにためらいがちにほほえみを向ける者もいた。ララは無意識のうちにほほえみ返して、顔を背けていた。授与式が終わったいまは逃げ出したくて仕方がない。「ここから出る方法を……」

「すばらしい首飾りだ。そのドレスにはちょっと派手だが、それにしてもララは全体のコーディネートというものを全然わかってないよな」

「ブレット！」ララがくるりと向き直ると、そこには弟のからかうような笑顔があった。

ブレットの車椅子の後ろには、パコが満面の笑みで立っていた。「遅れてご到着です。あなたをセント・ピエールに連れてくるだけのれっきとした理由があることを、彼に伝えると話したでしょう？」

ララは数メートル先のブレットの車椅子まで飛ぶように駆け寄った。「大丈夫？　長旅が応えたんじゃない？」

ブレットは顔をしかめた。「旅は平気だった。疲れたのは、この立派な衣装を着せられたせいだ」ブレットは自分が着ているタキシードを指し示した。「ララがその立派な首飾りをもらうところを見るために、ぼくが大変な思いをしたことを感謝してくれるといいんだけど」

「感謝するわ」ララは喉の詰まりをやわらげようと、唾を飲み込んだ。「これを贈るべき相手はわたしじゃなかったのよ。受け取る資格があるのはあなただわ」

「ぼくは来週、軍の授与式でもらう。今日の式典はそれの豪華版ってところだ」

「来週？　バルバドスには戻らないの？」

「ぼくはセント・ピエールに戻るつもりだと言ったじゃないか。パコがこっちに入院先を見つけてくれたんだ。授与式のあとのことは……」ブレットは肩をすくめた。「まだわからない」

「セント・ピエールにはいつでもきみの居場所はあるよ、ブレット」パコが言った。「体が回復したらすぐにでも、住居を見つけよう」

「パコから聞いたけど、明日アメリカに発《た》つんだって？」ブレットはなだめるようにララにほほえんだ。「ぼくが着いたばかりなのに、逃げていくなんて薄情な人だな。怪我した弟が必要とするあいだ、付き添って、介護したらどうなんだい？」

「そうしようかしら？」ララが視線を上げると、ブレットの頭越しにパコと目が合った。

「姉らしいことといえばそのぐらいだものね、パコ？」

「早急にセント・ピエールを離れることがあなたには最も重要だったはずですが」パコは無

表情で言った。

「そうだったかしら？」ララは車椅子の後ろに立った。「もう行っていいわ、パコ。あなたにはやるべきことがたくさんあるでしょう。マヌエルとわたしはブレットを連れて向こうのビュッフェへ行って、おいしそうなカニのオードブルを味見してくるわ」

「ララ」パコが警告するような口調で言った。

彼を無視して、ララはマヌエルと共にブレットを連れて、舞踏会場の奥にあるビュッフェのテーブルへ向かった。


ララは、リカルドの部屋の戸口にいたふたりのボディーガードの存在を忘れていた。しまった、どうしてどちらかひとりは、洞窟でリカルドの部屋を警備していたペドロではないの？　それならチャンスがあったのに。

ララは廊下で立ち止まり、黄色いベルベットのワンピースのベルトをしっかり締めて、堂々とふたりに近づいていった。「こんばんは《ブエナス・タルデス》」

彼らは礼儀正しく会釈《えしゃく》した。

ここまでは上出来だ。ララは明るくほほえみながら、ドアのノブに手を伸ばした。

即座に二挺のライフルが、彼女の顔の前で厳めしく交差した。

しくじったわ。ララはふたりを安心させるようにほほえみ、ドアを開けるのではなく、ノックした。「落ち着いて。彼を暗殺するつもりはないわ。わたしはただ……」

勢いよくドアが開き、リカルドが現われた。軍服の上着とネクタイは身に着けておらず、白いワイシャツと体にフィットしたズボンに黒いブーツを履いている。彼は身をこわばらせた。「ここでいったい何をしているんだ？」

「この親切な紳士たちに撃たれないようにしているのよ」ララは護衛を指し示した。「勲章を身に着けてくるべきだったわ」

「そのほうがワンピースよりははるかに思慮深かっただろうな」リカルドはかすれた声で言いながら、彼女を眺め回した。「すべてが台無しじゃないか」

「部屋に入れてくれるの？　それともふたりの前で口論を……」

リカルドはララが言い終える前に、彼女の腕をつかんで部屋に引っ張り込んだ。ドアをばたんと閉めると、彼女を自分のほうに向かせる。「なんてことをしてくれたんだ。王宮はまだ記者たちでいっぱいなんだぞ。誰かにきみの姿を見られたら、朝までに世界中のタブロイド紙に載っていたかもしれない」

「護衛に見られたわ」

「彼らのことはなんとかする。他言はさせないし、さもなければ……」

「彼らの舌を切り落とす？」ララはたしなめるようにチッチッと舌打ちした。「権力は腐敗するものだと聞いたことがあるわ。あなたは大統領になったばかりなのに、もう軍事政権《フンタ》並みに抑圧的になりはじめている」

「部下たちはぼくに忠実だ。脅す必要はない」

「でも、脅すでしょうね。いまのあなたはとても威圧的に見えるわ。きっと感情に支配されているのよ」ララはにっこり笑った。「個人的には、それに大賛成だわ」彼のほうへ一歩踏み出して、彼のワイシャツのボタンを外しはじめる。「あなたの強い自制心にはうんざりよ。邪魔になってきたわ」

リカルドはボタンを外している彼女の指を見下ろした。「何をしているんだ？」彼はかすれた声で尋ねた。

「見てわからない？　服を脱がしているの」ララは眉根を寄せた。「この小さいボタンは厄介ね。お返しにわたしの服を脱がせてくれるとしても、こんな手間はかからないわ。ワンピースの下には何も着てないの」

「知ってるよ」リカルドは、ベルベットの生地を押し上げる胸の先のくっきりとした輪郭に目を留め、思わず下唇を舌で湿らせた。「いったいぼくに何をしようとしているんだ？」

「誘惑よ」ララは彼の下半身にちらりと視線を向けた。「見たところ、かなりうまくいっているわ」ララはワイシャツを開き、両手を差し入れて胸毛に指を絡める。「そう思わない？」

リカルドの体に震えが走った。

ララは頭を下げて、胸の黒い巻き毛に半分覆われた、固い胸の先端をやさしく舐めた。

「ああ」その感嘆の声は、部分的に聞こえないほどのうめきだった。彼は手を伸ばして彼女の肩をつかみ、自分のほうへ引き寄せようとした。そして思いとどまり、切なげに手に力を込めたかと思うと、彼女を押し戻した。「だめだ」

「いいのよ」ララはごくりと唾を飲んだ。こんなふうにてこずらないことを願っていたのに。男性の誘惑の仕方がわからない。以前、体を重ねたときは、いつも自然に情熱が混ざり合い、ふたりとも同じようにその興奮に身を投じた。「あなたは望んでいる。わたしもそう。望みを叶えましょう」

「できない。ぼくは動物じゃない。理性をもった人間で、自分の行動に責任がある」リカルドは体の脇で両手を握りしめた。「なぜここへ来た？」

「負けるのが嫌いだから」

「ここにいれば、確実に負けることになるぞ」

立ったまま口論すれば、わたしは間違いなく負けるだろう。言葉が邪魔する前に、体を委ねさせたほうがいい。「そうは思わないわ」ララはリカルドに近づき、彼に体をすり寄せて、滑らかなベルベットとあたたかい肉体の感触を味わわせた。

リカルドははっと息をのみ、再び身を震わせた。

ララはいつまで続けられるかわからなかった。彼女自身も震えはじめていたからだ。彼がすぐそばにいる。触れ合うのは久しぶりだ。脚のあいだが熱くうずいているのがわかる。

「考えてみたんだけど、やっぱり大統領の愛人になって、子どもを産むのもいいかなと思ったの」ララは彼の胸に頰ずりした。「双子を産んだら、もうひとつ勲章をもらえるかしら？双子は遺伝するらしいのよね」

「冗談はよせよ。だめなんだ……」ララはズボンのベルトの下にゆっくりと手を滑り込ませ、鍛えられた腹筋をなでおろした。「ララ、分別を持てよ」

「無理よ」ララの声は彼の胸に遮られてくぐもった。「愛しているの」

リカルドは動きを止めた。

「あなたはそれを言わせてくれないけど、湖に行ったあの日に気づいたはずよ」

彼は耳障りな音をたてて大きく息を吸った。「ぼくにどうしろというんだ？」

「抱いて。そうすれば、わたしは人生で最も大切な告白をして突っ立っている自分を、間抜けに思わずに済むわ」

「ぼくはきみを愛しているとは言えない……」

「わたしは抱いてと言ったのよ」ララは涙で輝く目で彼を見上げ、激しい口調で言った。

「言葉はいらないわ。今夜だけでいいの。一晩だけよ。無理なお願いかしら？」

リカルドは一瞬ためらったあと、赤みを帯びた浅黒い顔をぱっと輝かせてほほえんだ。「今夜のきみは負けそうにないな」

「そういうことなら、きみの願いを叶えよう」彼はララを抱き上げると、寝室に運んだ。

リカルドは巨大なベッドにそっとララを横たえ、ワイシャツを脱いで彼女の隣に横たわった。「ぼくも負けないよ」

「そのワンピースはどこで手に入れたんだ?」リカルドはララの頬に軽く口づけて、何気なく尋ねた。「採寸のために、仕立屋に渡したのに」

「街まで探しにいったのよ」ララは肘をついて体を起こし、彼を見下ろした。「偉大な解放者にベッドに連れていってもらうには、誘惑に必要な力を可能な限りかき集める必要があると思ったの」彼女はにっこりほほえんだ。「あなたは思ったより簡単だったわ」

リカルドは身を固くした。「そんなに簡単じゃない。ぼくが約束したのは一晩だけだ」

「わたしは嘘をついたわ。一からやり直したいの」

「それはできない」

「できるわ。あなたがチャンスをくれるだけでいいの」

「チャンスはもう終わった。朝になったら、きみはパコとアメリカへ発つんだ」

「絶対に行かないわ」

リカルドはララを見上げた。「今夜のことに重要な意味は何もなかった。きみを愛人にしたいとは思わないし、ぼくはきみを愛していないんだ、ララ」

彼の表情に偽りはなく、言葉は本心からのようだった。一瞬、ララは彼を信じた。そのとき、フラードの鞭に打たれるあいだ、背後で繰り返しこだました彼の声を思い出した。

〝ぼくにとってはなんの意味もない女だ〟

彼はフラードに嘘をついた。今度はわたしに嘘をついている。あのときと同じ理由で。彼は年月を経て感情を隠す名人になり、わたしはもう少しで騙されるところだった。狙撃されたあの日のように。今回は、わたしを簡単に諦めさせようとする彼のはったりに、騙されてたまるもんですか。

わたしはまだこの戦いに勝利をおさめたわけじゃない。

でも、いまのところ成果は充分だ。ララは身を乗り出して、彼の唇にそっとキスした。「かまわないわ」彼女はささやいた。「心配しないで。わたしを好きだなんて無理に言わせるようなまねはしないから」ララは彼の手をつかんで自分の唇へ持っていき、手のひらに長いキスをする。「でも、せめてわたしとのセックスは好きだと言ってくれない？」彼女は彼の手を自分の胸に置いた。「女性をちょっと励ますために」

リカルドはララを見つめた。さまざまな相反する感情が彼の顔をよぎった。彼は手を伸ばして彼女の頬を包んだ。その手つきはとてもやさしく、まるで情け深い神の祝福のようだった。「ああ、そうだね」突然、リカルドはララを引き寄せて仰向けにすると、彼女の体を深く貫いた。苦しいほどの快感を顔に浮かべている。「それは疑いようがない。もちろんこうするのは大好きだ」

「ララ」

ララが目を開けると、覗き込んでいるパコの顔が見えた。これが習慣になりつつある、と彼女は思った。しかし、いまはバルバドスの寝室のときのように暗くない。フランス窓から朝の強い日差しが入り、部屋全体を照らしている。リカルドの部屋だ。パコがリカルドの寝室に入るべきではないことは、ぼんやりとだがわかる。

「ララ、起きて」

彼女は隣の枕に目を向けた。いない。枕にはリカルドの頭のくぼみがついているが、本人の姿はなかった。それに気づいたショックでララは目を覚まし、ベッドの上で起きあがった。

「彼はどこ？」

「出掛けました」パコは手を伸ばし、光沢のある上掛けをすばやく引き上げて彼女の裸の胸を覆った。ララは上の空でそれをつかみ、話を続けるパコの表情を探るように見つめた。

「夜明け頃に彼が私の宿舎に来て、それからすぐに王宮を出発したんです」

「どこへ向かったの？」

「あなたの荷物は私がまとめました。リカルドは、彼が戻るまでにあなたにセント・ピエールを発ってほしいそうです」

戦いはすでに猛烈な勢いで再開していたのね。

「じゃあ、リカルドはかなり長いあいだ留守にする覚悟をしたほうがいいわ。崩壊した国を放浪先から治めなくてはならないわね。わたしは出国しないから」ララは涙をこらえながら、手櫛《てぐし》で髪を整えた。「彼がそばにいるうちに、わたしの意見をよく話しておけばよかった。リカルドがわたしから逃げるつもりだったなんて、わかるわけないじゃない……」ララはさっと床に足を下ろし、上掛けをインドの民族衣装のように体に巻きつけた。「わたしのワンピースはどこかしら？　この部屋から出なければならないわ」ララは床に落ちているローブを見つけてすばやく拾い上げ、バスルームへ向かった。「誰かにわたしの部屋へ服を取りにいかせてくれないかしら、パコ？」

「リカルドは自分の部屋にあなたがいることを誰にも知られたくないんです」

「じゃあ、お願いだから、あなたが取りにいって。そのあいだにシャワーを浴びるわ。彼を追いかけなくちゃ」

パコは首を横に振った。「彼は私の最高司令官であり、我が国の大統領ですよ。あなたをアメリカまで送り届けるよう、わたしは命令されているんです」

「彼はあなたの友人でもあるのよ」ララは肩越しに振り返り、パコを見た。「いまは彼を諦めるわけにいかないわ。彼がどんなに強い人か知ってるでしょう？　昨夜わたしが壊した心の壁を、また作らせてなるものですか」ララはささやき声で言った。「お願い、わたしをアメリカに送らないで、パコ」

パコはためらい、そして諦めたようにため息をついた。「きっと彼は、命令違反の罪で私を軍法会議にかけるでしょうね」

「そんなことしないわ。訴追理由を述べれば、わたしを世間の目にさらすことになる。それは彼が避けようとするわ」

パコは弱々しくほほえんだ。「確かにそうですね」

ララはバスルームのドアのところで向き直った。「彼はどこにいるの？」

「家に帰りました」

「家？　いまは王宮が住まいのはずよ」

パコは首を振った。「リカルドにとっての家はずっと牧場だったんです。軍事政権が倒れたあと、政府は正式に彼に土地を返しました」

「それはどこなの？」

「都市部から南に約百二十キロのところです」

「連れていってくれる？」

「いいですよ。私はもう、これ以上に窮地に陥ることはありませんからね」

「ありがとう、パコ」

「どういたしまして《デ・ナーダ》」パコは間を置いて言った。「これが最後のチャンスです、ララ。私は二度とリカルドにそむくことはできません。ほんとうにこのチャンスに賭けたいんですか？

私はあれほど固く決意をしている彼は見たことがありませんが」

「リカルドの決意は崩れつつあるわ」ララは不安そうに下唇を噛んだ。「崩れていてくれればいいけど。彼の自制心ときたら……。彼はなぜあそこまで強くなる必要があるの？」

「この十年間、強さだけで彼は生き延びてきたんです」

「そうよね。知ってる。全部わかってるわ」ララはくるりと向きを変え、バスルームのドアをさっと開けた。「彼は言葉巧みに人を操る、伝説の偉大なる解放者《エル・グラン・リベルタドール》よ」

10

白いスタッコ壁の大きな家の真っ赤な瓦が屋根を覆い、二階の窓は装飾的な錬鉄製の格子で守られていた。

〝求婚者たちを閉め出すために、お父さんが窓に取り付けた飾り格子が見えない？〟

リカルドはあの夜、独房でララを慰めるために、自らの記憶から自宅の様子を話していたのだ。

「まったく同じだわ」ララは小声で言った。

「何か言いましたか？」パコは家と家畜小屋を迂回して、白いスタッコ壁の建物の外に駐車しているセント・ピエールの国旗を掲げたベンツの隣にジープを停めた。

「なんでもないわ」

パコは雨戸が閉まっている家をちらりと見た。「まるで廃屋ですね」

「リカルドはなかにはいそうもないわ」ララはジープから飛び降りた。「湖はどこ？」

「あの丘を越えて四、五百メートルのところです」パコは南のほうを指差した。「車で送りましょうか？」

ララは首を振った。「考える時間が必要だわ」

パコは車を降りて、フロントバンパーに寄りかかった。「じゃあ、私はここで待っています」

パコはわたしがリカルドを説得できないだろうと考えて、事態の収拾に備えているのだ。とんでもない、彼が間違っていることを願うわ。

ララはありがとうとパコにうなずき、足早に丘を登りはじめた。体が震えているが、それに気づいても驚かなかった。アビー刑務所の中庭をフラードに引きずられて、リカルド・ラサロが収監されている独房へ向かったあの最初の日よりも、いまのほうが緊張している。

リカルドの牧場《ランチョ》は、独房で彼が言葉で描写してくれたものと同じぐらいに美しかった。何気なく向けた視線の先には、みずみずしく生い茂る青葉や牧草地のように広い草原、色鮮やかな野の花がある。平和だ。

丘の頂上に着くと、眼下の谷間に小さな湖があった——小さな宝石のような湖で、周囲を背の高い草と糸杉の林に囲まれている。

リカルドは湖岸に立ち、水面に浮かぶ白いスイレンの花を、見るとはなしに見下ろしていた。

〝湖にはスイレンが浮いていて、ぼくが飼っているラブラドールが岸でリスを追いかけて走り回っている〟

リカルドは黒っぽいズボンに白いリネンのシャツを着ていた。ララは彼を見て、不思議な驚きを覚えた。軍服姿以外の彼を見たのは初めてだった。普通の服を着ていると、なんだか厳しさがやわらいで、無防備に見える。無防備で……寂しげだ。

ララは丘を下りはじめた。

リカルドは彼女の気配を感じたに違いない。さっと頭を上げて、肩越しに振り返った。彼女が数百メートルのところまで近づいていることに気づいて、彼が身を固くするのが見えた。ララは小声で祈りの言葉をつぶやいた。

「まったく同じね」ララは声をかけた。「あなたが描写したとおりだわ。家も、装飾的な窓格子も、湖も。飼い犬の大きなラブラドールだけがいないわ」

「ハイメは死んだ。みんな死んでしまった」

しまった、わたしはもうしくじったわ。失ったものを思い出させることだけは避けたかったのに。

「ここまでどうやって来たんだ?」リカルドが尋ねた。

「パコに連れてきてもらったの。彼はあなたに殺されると思っているわ」ララは彼の前で立ち止まった。「でも、わたしが守ってあげると言ったの」

リカルドの体中の筋肉が、まるで石にでもなったかのように硬直しているように見えた。

顔は無表情だ。「誰がきみをぼくから守るんだ？　きみは察しのいい人間だと思ったんだが。終わりなんだよ、ララ」

「わたしのことはわかっているでしょう。ものすごく頑固なの。察しが悪いのよ」

「どう言えばもっとわかりやすくなる？　きみにはいてほしくないんだ。子どももいらない。ぼくは……」

「もう、黙って」目にこみ上げる涙をどうすることもできず、ララは体の横で両手を拳に握った。「そんな嘘は聞き飽きたわ。あなたはわたしを愛しているのよ。わかってるんだから」ああ、神様、わたしは間違っていませんように。「あなたはわたしを愛しているし、わたしにいてほしいのよ」

リカルドは黙り込んだ――難攻不落の要塞並みに、強固かつ用心深く。

崩れて。お願い、崩れて。

ララは一歩近づいた。「あなたは大ばか者よ。わたしたちが一緒ならどんなものが持てるかわからないの？　お互いを愛しているし、子どもが生まれるのよ。あなたは仲間をほしがっていた。いまでは狙った獲物はすべて射止めたわ」ララは目を閉じた。「不適切な表現ね。ああ、わたしったら何ひとつろくな言葉が出てこないわ。あなたに銃や狙撃を思い出させるつもりはなかったのよ。わかってるわ、あなたは狙撃されたあの日、あの事件のせいでむきになったのよ」

「もう少しできみは殺されるところだった」リカルドはかすれ声で言った。

ララは期待感をかきたてられてパッと目を開いた。リカルドはまだ無表情だったが、声には生々しい苦悩がわずかに聞き取れた。

「狙われたのはあなたよ。あなたは肩を撃たれた。あなたがわたしを遠ざけたのは、そういうことがまた起こるかもしれないからだと気づいていた？　わたしはもっと利己的な人間なの。つかみ取れる幸せはどんなものでもつかみ取るし、あなたにくっついて離れないわ、あなたに危害を加えようとする者は近寄らせない……」

「悪意を遠ざけられないときもある。どんなに用心しようが、起きてしまうときはある」

「そのときは立ち向かうしかないわ」

リカルドは首を横に振った。

ララは激しく気が動転し、目にたまっていた涙があふれて頬を伝い落ちた。「わたしに向かって首を振らないで。あなたはわたしを愛している。そう言ってよ」ララは一歩前に出ると、彼の肩をつかんで揺さぶった。「わたしは苦しいの。言って」

リカルドは指を伸ばして、ララの湿った頬に触れた。「やれやれ」彼はかすれ声で言った。「わからないのか？　ぼくには言えないんだ。きみに何かあってはいけないから」

「全然わからないわ。わたしはあなたのご両親とは違う。何年ものあいだにあなたが失った友人とも、飼い犬のハイメとも違う。わたしはわたしよ！　これはわたしが選んだことよ」

ララは再び彼を揺さぶった。「あなたは誰にでも選択する権利があると言ったのに、わたしの人生で一番大切な選択をする権利を取りあげようとしている。そんなことはさせないわ」

「頼むから泣くのをやめてくれ……つらいから」

「わたしがつらくないと思う？　胸が苦しくて仕方がないわ」ララは彼を見上げた。「わたしは粘り強く待ったり、誘惑したり、説得したりしてみたけど、どれもあなたには通用しなかった。こんなふうに取り乱すべきじゃないのはわかっているわ。きっとわたしたちの赤ちゃんは生まれつきものすごく短気で……」

「母親と同じぐらいに頑固だろうな」リカルドはかすれた声で言った。

「わたしは頑固にならざるをえないの。あなたが耳を貸さないから。わたしはあなたから離れないわ。わかった？　わたしを遠ざけたいなら、またアビー刑務所に入れるしかないわね」

「アビー刑務所は焼き払った」

「忘れてたわ。じゃあ、裸足の妊婦姿で付きまとって、あなたのイメージを悪くしてあげる」

「ぼくはイメージなんか気にしない」

「セント・ピエールのことは気にするでしょう。あなたが気にかけているのはそれだけよ」

ララはまた彼を揺さぶった。「いいえ、あなたはわたしのことも気にかけている。お見通しよ。崩れなさい」

「崩れる？」

「聖書にあるエリコの壁のように。強がるのはほかの人にして。戦うのはほかの人にして。わたしはあなたの味方よ」

「揺さぶるのをやめてしゃべらせてくれたら、ぼくがすでに崩れていることがわかるよ」

ララは動きを止めた。「すでに崩れている？」彼女は探るようにリカルドの顔を見た。彼はほほえんでいる。彼女がよく知っているやさしさで顔が輝いている。「崩れたのね！」

リカルドはララを腕のなかに抱き寄せ、この上ないやさしさで包み込んだ。「仕方ないだろう？　きみに裸足の妊婦姿で街なかを走り回らせるわけにはいかないからな。そんな行動は、マヌエルとパコが考える大統領夫人にふさわしい品行に反する」

「冗談はやめて」ララは彼に腕を巻きつけた。彼のシャツに言葉が遮られてはっきりしない。

「わたしはとても不安なの。たっぷり愛情を注いで、安心させてほしいわ」

「愛してるよ、ララ」彼女の名前を呼ぶ声はかすれ、リカルドは彼女を抱きしめる腕に力を込めた。「愛しすぎるぐらいに」

「愛しすぎるなんてことはないわ」

「ぼくはきみを手放すべきなんだ」

「手放すですって？　はっきり説明したはずよ、わたしを追い出すには、わたしを縛り上げて、パスポートを取りあげて、国境を封鎖しなければならないわ」幸福感が歓喜の流れとなって全身を駆け巡った。ララは安堵と喜びに酔いしれた。「わたしはしばらくここにいるわ」

「まったく、頑固者だな」

「負けず嫌いなのよ。この勝負にあなたが勝っていたら、わたしは途方に暮れたでしょうね」

「それはどうかな。きみは人生で望むものが手に入らなくなるんだ」リカルドはララを押しやった。「小さな町も、湖も……」

「犬は飼えるわ」ララは陽気に言った。「アイリッシュ・ウルフハウンドぐらいに大きな犬を飼って、宝石付きの首輪を買うわ。そしてお金持ちの有名人たちに見せびらかすの」

「真面目に言ってるんだ。いまのぼくにはこれさえ与えてやれない」リカルドは湖を指差した。「ぼくの家は王宮だから、きみもそこに住まなければならない。別々に暮らせば、きみと子どもの安全のために充分必要な対策を取ることができないから」

ララは顔をしかめた。「寝室のなかでさえ、ボディーガードにつまずいて転びそうな気がするのはなぜかしら？」

リカルドは不意にほほえんだ。「それは寝室ではないだろうけど、ほかの場所ではあるかもな」彼のほほえみが消えた。「ぼくはきみが死んだらと思うと怖いんだ。きみを失いたくない」

「あなたがわたしを失うことはないし、わたしは絶対にあなたを失わないわ。それに、家の件は……」ララは肩をすくめた。「急がなくていいわ」

リカルドは彼女にキスした。「そうだな、急がなくていい」

「王宮から逃げ出したい気分になったときは、独房にいたときのように、わたしはあなたのそばに行けるし、あなたは牧場の話ができる、ふたりで空想もできるわ……。現実より空想のほうがましかもしれない」

「それはぼくたちにはあてはまらないよ」リカルドは言った。「これからは違う」彼の人差指が、涙で濡れたララのまつ毛にそっと触れた。「〝茨にむすぶ露〟だ」

「わたしに聞かせてくれた詩ね」ララはぴんときた。「わたしは目が腫《は》れているし、赤ちゃんみたいに鼻をすすっているわ。誰かがいまのわたしを詩のなかのヒロインになぞらえるなんて、想像できない」

リカルドはうなずいた。「実はあの詩にはあともう一連あるんだ」

ララは首を傾げて、興味深げに彼を見た。「なぜあのときに暗唱してくれなかったの？」

「あのときは、きみはぼくを愛してるとは言おうとしなかったから、暗唱したらきみが驚いて逃げるんじゃないかと心配したんだ」

この二日間リカルドを熱心に追いかけたことを思い出して、ララはくすくす笑った。「ずいぶん昔のことのように思えるわ。すべてが好転した。びっくりよ、大物が屈したなんて」

「崩れたんだ」リカルドは黒い目を輝かせて言い直した。
ララはうなずいた。「崩れたわ。詩の最後の連というのは?」
リカルドはほほえみ、愛をたたえた表情でやさしく暗唱した。

師にして看護者、友にして妻、
生涯を通じ渝《かわ》らぬ道連れ、
胸すこやかに心自在な、
厳《いか》しき父は
私にこのようなものを与えたもうた。

訳者あとがき

〝革命〟には、情熱的でドラマチックなイメージがあり、多くの小説、詩、音楽などあらゆる芸術のモチーフとなっています。著者も前書きで語っているように、革命には人を惹きつける何かがあります。それは、革命家たちが国民を救い、国民のためによりよい国家をつくろうと必死に戦う姿や、革命にはつきものの悲劇や、友情や家族愛や、人間的な生々しい感情が表わされることに感動するからなのかもしれません。

本書『その唇にふれるとき』はカリブ海に浮かぶ、セント・ピエール島という架空の島が舞台です。ところがこの島は軍事政権に支配され、国民はつらい日々を送っていました。そこで立ち上がったのが、本書のヒーロー、戦士にして詩人のリカルドです。リカルドは軍事政権を倒して民主主義国家をつくるために果敢に戦います。また『選択の権利』という本を著し、人間には自分で自分のことを決めて生きる権利があるのだと主張します。この本は世界中で読まれ、そして世界中に革命派の支持者を得て、資金をはじめさまざまな支援が受けられるようになります。物語はフィクションですが、現実でも世界の発展途上国にはまだまだ軍事政権の国々があり、苦しんでいる人々がいます。記憶に新しいところではミャンマーなどが挙げられるでしょうか。ミャンマーは現在民主主義への道を歩いているところです。

こうして、リカルドは支持者を得て、革命派のリーダーとして軍事政府を追いつめていきます。ところがリカルドが軍事政府とのある戦闘で敵に捕まってしまい、刑務所に入れられてしまいます。

一方、アメリカ人のララの弟ブレットは、リカルドの著書を読み、すっかり彼に傾倒して、セント・ピエールの革命軍に志願します。ところがブレットは、戦闘で重傷を負ってバルバドス島の病院へ送られてしまいます。ララはたったひとりの家族である弟に二度と危険なことはさせないため、リカルドに「もう弟を巻き込まないで」と直談判をするためにセント・ピエール島へ旅立ちます。

ララは島に着いてリカルドが刑務所にいることを知ると、周囲の反対を押し切り、勇敢にもリカルド救出作戦に参加しようとするのですが……。

さて、リカルドとララは無事に刑務所を脱出できるのでしょうか。革命は成功するのでしょうか？　リカルドとララの仲はどうなっていくのでしょうか？

はらはらドキドキで一瞬も目が話せないドラマチックな展開が待っています。

ところで、本書にはロバート・ルイス・スティーヴンソンの詩が引用されています。ステイーヴンソンは十九世紀半ばにスコットランドのエディンバラで生まれ、エディンバラ大学に進み、肺の病気と戦いながら、文学の道に進み、欧州やアメリカを旅して、小説や随筆、詩集などを出版しました。『宝島』や『ジキル博士とハイド氏』の著者といえばピンとくる方もいらっしゃるのではないかと思います。ロバート・ルイス・スティーヴンソンは晩年は南海の小島に病気の療養のために住み、わずか四十数年の生涯を終えます。

本書に引用された「私の妻」という詩をじっくり読むと、リカルドも言っていますが、ララを題材に詠んでいるかのように思えてきます。またスティーヴンソンの場合は病魔との戦いですが、戦いや南の島という共通のキーワードもあります。ジョハンセンはそのあたりも計算に入れて、この詩を引用したのでは、という気がしてきます。

なお、「私の妻」は『英詩珠玉選』（石井正之助著、大修館書店・刊）収録より全引用、その他のスティーヴンソンに関する記述は部分引用させていただきました。この場をお借りして御礼申し上げます。

それでは、勇敢で知的な革命家にして詩人、リカルドと、無鉄砲だけれど行動力があって、弟思いで、どんなことにも負けないララの情熱的なロマンスをたっぷりお楽しみください。

二〇一三年十一月

23 ザ・ミステリ・コレクション

その唇《くちびる》にふれるとき

著者　アイリス・ジョハンセン
訳者　青山陽子《あおやまようこ》

発行所　株式会社 二見書房
東京都千代田区三崎町2-18-11
電話 03(3515)2311［営業］
03(3515)2313［編集］
振替 00170-4-2639

印刷　株式会社 堀内印刷所
製本　株式会社 関川製本所

落丁・乱丁本はお取り替えいたします。
定価は、カバーに表示してあります。

ISBN978-4-576-13182-5
http://www.futami.co.jp/

澄んだブルーに魅せられて

アイリス・ジョハンセン
石原まどか［訳］

カリブ海の小さな島国に暮らすケイト。仲間を助け出そうと向かった酒場でひょんなことから財閥御曹司と出逢い、ふたりは危険な逃亡劇を繰り広げることに…⁉

悲しみは蜜にとけて

アイリス・ジョハンセン
坂本あおい［訳］

セディカーンの保安を担当するクランシーは、密輸人を捕らえるため、その元妻リーサを囮にする計画を立てる。だがバーで歌う彼女の姿に一瞬で魅了されて……？

きらめく愛の結晶

アイリス・ジョハンセン
石原まどか［訳］

ダニーはフィギュア・スケートのオリンピック選手。両親を亡くした自分を育ててくれた後見人アンソニーに密かに恋心を募らせていた。が、ある晩ふたりの関係が一変し⁉

カリブの潮風にさらわれて

アイリス・ジョハンセン
青山陽子［訳］

ちょっぴりおてんばな純情娘ジェーンが、映画監督ジェイクの豪華クルージングに同行することになり…⁉ 大海原を舞台に描かれる船上のシンデレラ・ストーリー！

青き騎士との誓い

アイリス・ジョハンセン
酒井裕美［訳］

十二世紀中東。脱走した奴隷のお針子ティーアはテンプル騎士団に追われる騎士ウェアに命を救われた。終わりなき逃亡の旅路に、燃え上がる愛を描くヒストリカルロマンス

ふたりの聖なる約束

アイリス・ジョハンセン
阿尾正子［訳］

戦士カダールに見守られ、美しく成長したセレーネ。ふたりはある秘宝を求めて旅に出るが、そこには驚きの秘密が隠されていた… 『青き騎士との誓い』待望の続篇！

二見文庫 ザ・ミステリ・コレクション

英国レディの恋の作法

キャンディス・キャンプ 〔ウィローメア・シリーズ〕
山田香里［訳］

一八二四年、ロンドン。両親を亡くし、祖父を訪ねてアメリカからやってきたマリーは泥棒に襲われるも、ある紳士に助けられる。お礼を申し出るマリーに彼が求めたのは彼女の唇で…

英国紳士のキスの魔法

キャンディス・キャンプ 〔ウィローメア・シリーズ〕
山田香里［訳］

若くして未亡人となったイヴは友人に頼まれ、ある姉妹の付き添い婦人を務めることになるが、雇い主である伯爵の弟に惹かれてしまい……!? 好評シリーズ第二弾！

英国レディの恋のため息

キャンディス・キャンプ 〔ウィローメア・シリーズ〕
山田香里［訳］

ステュークスベリー伯爵と幼なじみの公爵令嬢ヴィヴィアン。水と油のように正反対の性格で、昔から反発するばかりのふたりだが、じつは互いに気になる存在で…!?

戯れの夜に惑わされ

リズ・カーライル
川副智子［訳］

女性をもてあそぶ放蕩貴族を標的にする女義賊〝ブラック・エンジェル〟、名うての男たちを惑わすその正体は若き未亡人シドニー。でも今回はいつもと勝手が違って……?

真夜中にふるえる心

リンダ・ハワード／リンダ・ジョーンズ
加藤洋子［訳］

ストーカーから逃れ、ワイオミングのとある町に流れ着いたカーリンは家政婦として働くことに。牧場主のジークの不器用な優しさに、彼女の心は癒されるが……

夜明けの夢のなかで

リンダ・ハワード
加藤洋子［訳］

ある朝鏡を見ると、別の人間になっていたリゼット。しかも過去の記憶がなく、誰かから見張られている気が……。さらにある男の人の夢を見るようになって…!?